READING
TIME

阅读时节

与阅读有关的趣味、经历和感悟

陈蓉　陈云昭
编著

中国社会科学出版社

图书在版编目（CIP）数据

阅读时节 / 陈蓉，陈云昭著. —北京：中国社会科学出版社，2013.9

ISBN 978—7—5161—3125—1

Ⅰ. ①阅… Ⅱ. ①陈… ②陈… Ⅲ. ①散文集—中国—当代 Ⅳ. ①I267

中国版本图书馆CIP数据核字(2013)第192088号

出 版 人　赵剑英
责任编辑　王　斌　艾　可
责任校对　张文池
责任印制　王　超

出版发行　中国社会科学出版社
社　　址　北京鼓楼西大街甲158号（邮编 100720）
网　　址　http://www.csspw.cn
　　　　　中文域名：中国社科网　010—64070619
发 行 部　010—84083685
门 市 部　010—84029450
经　　销　新华书店及其他书店

印刷装订　三河市君旺印装厂
版　　次　2013年9月第1版
印　　次　2013年9月第1次印刷

开　　本　710×1000　1 / 16
印　　张　16.25
插　　页　2
字　　数　203千字
定　　价　39.00元

序 从春天开始记录

陈蓉

从春到夏这段时光，总是春意蓬勃，色彩跃动。

2012 春天，江阴图书馆沾染着四月窗外丰富的气息、舒服的空气和浓郁的春的气息，在宏大建筑内，在无数读者的憧憬中，缓慢而持续地弥漫开。

香港的马家辉先生带着自己“生命里的八间图书馆”，生平第一次，到了大比例中国地图上无法标识出的江南小城市。一路风尘仆仆，憔悴间依然难掩“图书馆”与其成长紧密相连的温热和情感：“阅读就是我的生活方式，它并没有什么神秘和特别之处需要去思考意义了。”讲座现场坐着、站着的四百多位读者，专注聆听着，毫无阻挡地进入他人生阅历里的真实感悟。从香港到江阴，从专栏作家、学者到普通听众，不同社会和文化背景下，传递出美好相通的阅读追求和理想。

2013 春天。披微卷齐肩发、随意言谈间掠过腼腆笑容的“大男孩”许知远，高高大大地来了。经不住近乎一年的多次邀请，他终于从满满的行程中挤出一天时间，留给我们。《一个游荡者的世界》瞬间铺展成可听到和可靠近的阅读游历，鲜活成图书馆春天里的又一个记忆。

和他俩一样，拥有无数锐利思想和话语的作家、学者、公共知识分子，如叶兆言、郦波、莫砺锋、祝勇……陆续登上江阴图书馆的市民大讲坛，迸激学识和观点，并和我们的馆刊《读读书》编辑对话、交谈，侃侃而谈他们各自的阅读人生。他们都是阅读的受益者、收获者，走进江阴这样的小城市，分享思想成长中阅读给予他们的巨大力量，成了这座城市文化卷册中的重要一页。

由此，我们需要记录。如同记录每一个相似却又透着不同信息和气息的春夏秋冬，把曾经在图书馆发生的四季阅读和美好，和普通读者心里升起的温度，诚恳地聆听、记录、整理和分享。我们试图去忠实地记录每个讲者、谈者和阅读者，每一段文字和观点，都是一个阅读角度的呈现。试着去观察，在他人的阅读攀爬中，探寻某种领悟和启发，正是阅读的魅力之一。

开始这种记录，也是阅读推广人的用心用力之所在！不管是承认阅读正被边缘化，还是一厢情愿地假想着阅读必将带来美好生活，我们都愿意从春天出发，情意满满地告诉自己和他人，每个人都能够通过普通阅读，打破时空樊篱，到达一生中未知的领域，真正进入远远超出你想象的民族、社会和世界，在文字旅行中获得良知、智能和思想。并慢慢考量自己和世界的联结，用精神构建起生命存在的方式和意义。若能得此共鸣，幸甚！溢感！

目 录

阅读思忆

阅读访谈

阅读散记

I 阅读思忆

念小学时，我的一年级老师就像几百个小学生的母亲一样。她教我的时候已经接近退休年龄；她也教过我几个哥哥，也教过我的姐姐。我们村里有好几家人的父母辈在她那儿上过一年级，儿女辈也在她那儿上过一年级。

——（美）梅丹理

1. 我的读书生涯

文/梅丹理（美）

念小学时，我的一年级老师就像几百个小学生的母亲一样。她教我的时候已经接近退休年龄；她也教过我几个哥哥，也教过我的姐姐。我们村里有好几家人的父母辈在她那儿上过一年级，儿女辈也在她那儿上过一年级。在我最早的记忆中，认字的过程跟这位性格和蔼的老师完全分不开。但是命运很巧妙地为我设计了一个180度转弯的体验，因为我的二年级的老师脾气不好，并且跟我特别过不去。我是一个喜欢遐想或呆想的孩子，经常沉浸于自己的内心；母亲因为我讲话的深沉口气给了我一个外号——“法官”，但是二年级的老师最反感我那种经常发呆、答非所问的性格，常常叫男校长来执行肢体惩罚。我虽然不打架，不欺负女同学，但我是班上挨木拍最多的学生（我一直记在心里，每一次惩罚要打二或三下，我那年总共挨了48拍）。后来我升了年级，没有再见到那位二年级的老师，但从家人那里听说她因脾气不好而被迫提早退休。回想起来我觉得有趣：因为这两位老师，我的启蒙时期有俨然分明的光明、阴暗两面！

我们家有一个尘封的书架，上面摆了一些属于父母年轻时代的书，但是我很少去碰书架上的书，因为到我童年时，母亲已经害了严重的忧郁症。我的母亲没有引导我去拿书架上的任何一本书，也没有跟我讲书架上任何一本书的内容，而我好像一直在等待她这方面的引导与首肯。因此我初步看的书不是家里的书，而是从老师发的图书订单上添购来的。回想起来觉得可惜：所看的第一批故事书没有跟母亲共享，而是用父亲给我的零用钱买来自己读的，是商品，而不是家里的藏书，因此在心中留下了与历史没有接上线的遗憾。

三、四年级的时候我迷上一套儿童百科书，休息时间有时坐在戏场的篱笆边看书，有时积极地参加游戏，当时觉得这两件事一样好玩，我对两者不加以分别。到了六年级，我开始喜欢一些需要咀嚼的书。我迷上马克·吐温，还有麦尔维尔的早期小说，还有通俗的历史小说。七年级的时候我的母亲搬走了，我和爸爸一起过起光棍儿的日子，而爸爸是一个工作狂，因此我晚上、周末经常要一个人打发时间。我看了梭罗的《湖滨散记》和麦尔维尔的《白鲸》。麦尔维尔非常合我的胃口，因为他对人性和道德的探讨完全融入到生存搏斗的叙述中。我们村里的学校不大，一个年级的人数仅90人左右。我的同学中几乎没有别人在看《白鲸》那一类的书。我看得入迷，在休息时间经常在操场的墙边坐在阳光下看书。小学时没有人会讥笑我看书的习惯，但到初中就不一样，可能是因为我读得更入迷，变得更孤僻，没有拉拢一群可以互相保护的朋友。我那些伙伴是一批可共欢乐不可共患难的棋友，我们算是高中的准知识分子。我们读了几本莎士比亚戏剧，喜欢讲话中加入一些古怪的旧词汇，而我是提供这种词汇最多的人，因为我喜欢看关于中古骑士的故事书。我的那些棋友都参加乐队或合唱团，只有我没有学音乐，但我读《白鲸》时，那种长篇的抒情散文在我的脑海中却能撩拨起一种类似于交响乐的效果，是我自己“楠塔基特式的飙雪橇”。麦尔维尔对人性的沉思像海面上彤云密布的远景，像一幅哥特式的舞台布景画，而前景里所演出的情节又充满冒险色彩，又充满发现的惊叹，但他的故事在骨子里是一个大悲剧。

到七年级我在操场旁边看书的习惯不知为什么引起了一群恶少对我的衔恨，他们好几次在操场上或回家的路上冲上来对我拳打脚踢。我从来没有跟爸爸讲，因为不想让他感到焦虑。其实挨打的事让我变得更坚定：他们那种封闭狭隘的心态对我来说比拳脚更可怕，如果老活在怨气和暴力的阴影下，我担心自己会变得跟他们一样。可能因为读了几本追问人生价值的书，那几次挨打的事件在我心中主要形成了一种道德挑战。奇怪的是，我们家里一直放着一把猎枪，是我二哥留下来的，我周末偶尔会拿猎枪到附近无人的采石坑练射击，但我从来没有想过要拿枪去“收拾”那些恶少。我那时根本没有想起那把放在阁楼里的枪！只有后来，看了关于精神失常的美国少年到学校里扫射的报道，我才想起来：“还好当时我的脑子没有长歪，要不然我会想起阁楼里放着一把猎枪！”

我高中时又读了一遍麦尔维尔的小说，也开始读一些科学的东西。15—17 岁时爸爸送了几本书给我，一本林语堂的《生活之艺术》，一本东方诗歌英译选本，一本爱默生的散文集，一本《地球太空舰使用手册》(后者是早期生态学著作)。通过这几本书，我初步接触到关于东方和生态学的观念。我爸爸也是我的启蒙老师，他总喜欢通过对话来启发我，喜欢问我对很多事情的看法。比方说我大学时期修了一门哲学，读了几本尼采的书。我爸爸是一位天生的思考者：他没有读过尼采，但他有兴趣听我讲读书的心得，而他提的问题确实让我从更深的层面看尼采。

大学时代我修了几门哲学，但感到很失望。老师讲的哲学不是我想象中的对生命意义的追问。哲学家们好像善于把一些规范化的课题摆出来，用逻辑的方法讨论，而我觉得对生命意义的探讨，难免要面对许多被编织在一起的问题，或者可以说要面对生命的本质和存在处境。我选了生物学专业，当时怀着一种非常个人主义的梦想，要拿生命科学的知识与自己的人文阅读结合到一块儿，按自己的方式组合起来思考。

大一、大二时，在修生物学的同时，看了几本关于东方思想的英译本，包括《道德经》、《论语》、《庄子》和佛教的初级读物。我开始欣赏东方的自然观。我年轻时对宇宙造化确实抱着一副敬畏的心肠，但不愿意去想一个凌驾于自然之上的神。我觉得那种上帝观是人类思想史上的大弯路。我读老庄译本的时候，觉得很合我的口味。其中不但包括对生命的敬畏心态，又包括对自然界的开放心态和探讨精神。当时我的母亲正处于癌症后期，与病痛挣扎的过程很漫长。我当时从老庄的生死观获得了一种安慰，觉得无论如何，生死的整体还是值得我们敬畏。我母亲最后一次入院，我刚好患了流感，也住入医院。到我出院时，母亲已经去世。当时有一个念头突然在我的脑海里出现：我要读老庄和《论语》的原文！我还发了一个愿：将来要到中国文化的殿堂里面，与那里的博雅君子进行对话。

这个意愿纯粹是凭空想出来的，因为我当时不懂中国文化。

读完了大二的夏天，我跑到小城一个中国饭馆，要求老板娘教我一点基础的中文。饭馆后面的住处就像一座中国文化的孤岛。老板娘对我最大的教诲就是如实地讲她的人生经历。我那时处于全方位的吸收状态，连她那口华侨英语对我也提供了不少文化信息。

我大三时一面在生物学实验室工作，一面修一年级的中文。我对中文的认真程度是惊人的。我发现中文字百看不厌：辨认起来可以发挥许多本来无“用武之地”的脑力。我读熟了拼音课本，然后拿着汉字课本反复听，以此方式认识中文字。我大三、大四时从来没有参加同学的狂欢聚会。只要一闻到啤酒味、大麻烟就躲到宿舍的休息室，一直读到深夜。我跟生物系的几位教授说要转学到一个有东亚语系的大学。他们请我到 Kent 镇的小饭馆为我饯行，还送我一个“购书钱”的“红包”（虽然不是红的）。因为他们的教诲，我一直在心中有双重的认同感，觉得自己也是“读生物学的”。

我大三夏天时，爸爸拿出 $1500 让我去夏天的速成班读中文二年级。当时 $1500 对一个工人来说是很可观的一笔钱。我爸爸不了解我为什么要读中文，但他支持我。我不敢懈怠。我答应爸爸，大学四年级时要同时修三年级、四年级的中文，争取于四年内按时毕业。我在哥伦布城找到了一个理想的工作：在州政府烈酒专卖局做通宵守卫工作。每两个小时要在长长的仓库里走一圈，在一些特定的地方“打卡”，然后回到看守棚，在记事本里写下“normal”（意为“正常”——编者注）这个字。我在存酒库的铁丝栅栏外面快走，而仓库工人养的狼狗在栅栏里面，每一次陪着我并行地走一圈。我的脚步快，半小时可以走完一遭，因此每两个小时有一个半小时的阅读时间。我在漫长宁静的夜晚里，读了第一本文言文的课本和一本现代中文散文选。早上六点钟下班，坐公车回我哥哥那里，（为了省钱）在他的储藏室里用气垫打地铺睡觉，睡两个小时以后就跑到学校上第一堂课。下午下课以后又跑回家睡四个小时，再去上夜班。周末的时候基本坚持夜间阅读的习惯。

大学毕业后我离开俄亥俄，准备去台湾留学时，在旧金山停了几天。在路上的读物是托马斯·曼的《魔山》。这本小说讲的是主人公为了反思西方文明下的个人命运，不可避免地来到一个远远的眺望点，以局外者的距离感审视西方文明的过去与未来。我当时觉得自己与这本书的情节很有共鸣，觉得自己也在寻找一种距离感。

到台湾后，一面教英文一面在史丹福华语中心（台湾大学校园内）读书。我的老师之一是散文家亮轩。跟他上《水浒传》时，他劝我们不要花时间查生僻字，要把书当故事看。他是戏剧学院毕业的，跟我们讲课的时候把书中的人物、情节全都表演给我们看。我的另一位老师叫叶太太，当时已经80岁，她年轻时在北京女子师范学院听过鲁迅先生兼课讲授的“中国文学史”。跟叶太太上课，感觉到自己与历史接上了线。

还有台大中文系的教授金嘉锡，他在我们的中心兼课，教一门关于《庄子》的课。我上他的课，终于能满足读《庄子》原文的心愿，而《庄子》原文的文字比我想象的还好！

2. 塞拉的变奏

文/庞培

我有机会，一定要读一读《蜂房》的。这是卡米洛·何塞·塞拉的作品。我还没有读，就知道它是好书。十年前我就买它了，但一直到他获得诺贝尔文学奖，我也没有，也来不及读。我那时，一九八九年，差一点就读成了，结果还是没读。有时我翻翻它的结尾，欣赏里面的一段对话，陶醉片刻，又合上了。有时我在中间两页停下来，跟着它想象、猜测全书的结构，直到昏昏欲睡。

读好书要找到像样的精神、心情，它像是一种仪式。我花了三年工夫才找到了读《洛丽塔》的心情——与其说是心情，不如说是促使我们接近永恒的机运；我花了六七年工夫才真正读懂了《四个四重奏》。同样，差不多十年来，我一直在读乔伊斯。我到最近才认识他，不是因为《尤利西斯》，而是通过他的《都柏林人》。对于我来说，伊芙林·沃、哈代、狄金森，都是如此。有些书你一下子就弄懂、读通了，被吸引住了：毛姆、契诃夫、格林、福楼拜。但有些书可不是这样，没这么容易、便当。你一开始看不懂，很可能是件好事，是你真诚的一面的呈现。马拉默德、辛格我一开始就读懂了，但是马克·吐温呢？要想真正加入《哈克贝利·费恩历险记》既激烈又有趣的行列，一个人不花五六年工夫是不行的。

为什么罗素的随笔、他的简短的人物印象记写得那么独到、那么棒？为什么第二遍——时隔六年——读，觉得更棒？因为作者写它们时用了他一生的坎坷和动荡；因为罗素用了他一生对某些事件的关注和思索去写它们；还因为你这几年在别的什么说不出的地方又有了长进。作者和读者之间这种智力上的竞赛是活生生的，无休无止、并行、永远在运动着的，这就是文学永久的魅力之所在。一个只有大学经历，我的意思是指社会生活的实际年龄的人，凭什么一开始上来就能——他是这样要求——读懂《洛丽塔》？凭什么他要指责《掷钱游戏》、抱怨《蓝色恋歌》的艰深费解？读懂许多书都必须先要了解人生的甜酸苦辣——就跟造就作者一样，读者也是首先在其自身的灵魂深处造就好（潜在阅读）的。作者的创造并不是凭空臆造。他的存在，他的心灵、感知、表达方式都是真实的、活生生的，严格到丝丝缕缕的程度——一个初出茅庐、乳臭未干——指其可能的灵魂性质——的小伙子凭什么判断陀思妥耶夫斯基的《死屋手记》枯燥乏味？我的朋友中有很多说笛福的《鲁滨孙漂流记》不好看，太陈旧了，谢天谢地，这就是最好的夸奖了。克尔恺郭尔在其一九五四年的日记里说："他们就是以向我表示不敬的方式来向我表示敬意的。”令人快慰的是，真正的艺术品经得起任何曲解和漠视，而且毫厘不爽，不会受到损害。相反，却能增加其荣耀和魅力。当艾略特在伦敦苦于创作时，他的二楼房间的顶上，还住着一群“半夜里又跳又唱”的“先锋派艺术家”呢；而经过时间之神的手的调拨，那些活着时也曾风光一时、博得俗人们喝彩的“伪艺术家”，他们的活动、装模作样的举动和豪言壮语，如今又去了哪里？真正的艺术家还得忍受在任何世代数倍于他的同行们的剥削、干扰和折磨，这是确实的。

诗人中间，米沃什、塞菲里斯，我也是花了差不多十年时间，反复读，才领略了其泉水的甘洌。一个人哪可能一上来就喜欢《三首秘密的诗》那样拗口迂回的风格呢？如果他不从诗歌的地理学上了解希腊的偏僻和古老，不从建筑学上深谙那些倒塌于常年战火中的华丽纹饰的爱奥尼石柱。至于我自己，尤瑟纳尔、亨利·詹姆斯，我到现在还没有读通。前者我接触其中译本有了六年，后者我读了至少十一年。但是天晓得，还是不要让我们一上来就被读懂吧！除了自己，就是读者有那么一点毁掉我们的可能了。不过这种可能——对我而言——不大，但也难说，至少有威胁。

另一些作者，晦涩几乎是他们在这混乱的尘世出没、作文立身的“保护色”，是他们救命“得道”的仙草。例如塞林格，一个很多人（其中也包括我）称“十分喜爱”的作者，可真正有多少人读懂他的呢？我怀疑。不把他的晦涩、无言、克制包含在内是无法读懂的，或者哪怕最起码让塞林格这张曲折奥妙的老海图尽悉于心的。你看看，他先写了通俗的、风行一时的《麦田里的守望者》，紧接着就抛出一个《香蕉鱼的日子》、一个《笑面人》和一个《碧眼朱唇》，让你傻愣在那儿瞠目结舌，然后再来一点小小的抚慰——犹如厨师长的美妙的长勺子上面沾一点点面粉也似的味精——《献给爱斯美的故事：既有爱情又有凄楚》。等到《九故事》出全，你再尝尝味道，而他又不出声了，任怎么“千唤万呼”，愣是不出来，不显真身。要读、想懂，啃《九故事》吧！哈，我几乎听得见塞林格本人在其新罕布什尔州乡间阴郁的城堡里的“哼”的一声。同样，一九八六年人人都在读博尔赫斯，仿佛圈内人非“博尔……”不言其他。我可是直到一九九二、一九九三年才读懂一些，弄出点“木笼头”来的，或者说略通他的《南方》的戛然而止、《沙之书》的抽象玄奥……人们对于文学、对于艺术家的欲望和苛求真是太奇怪了。作家是人人能弄懂的吗？你连实际生活中的亲朋好友，连你的邻居的名字还弄不清呢。你能够说“全知道”？托马斯·阿奎那说：“什么东西使我的思想成为我的思想？”苏格拉底说：“认识你自己！”而关键还在于，不仅要认识，还要能够有认识过程中具体的乐趣。

过了十二年后，我还在读《瓦尔登湖》。我每年都要找个地方和清静的时间读一读它。一九八四年我先是在常州的老书店，幸运地购得它的第一版中译本——上海译文版，封面是湖蓝色的那种，而在这之前一年，又是在一份杂志上，在《上海文学》上，我读到同一个译者的徐迟先生译的著名的节选——《湖》。可以说，这为我后来顺利地找到并登上它高大起伏的山峦——我如今大概迷失在其丛林密布的山腰——找到了一条秘密的小径。而今天我仍旧常常感觉到当年读它时的那种荫凉，那和风习习的湖面的波光，是这位美国文学史上最大的隐士，他的所作所为可以让任何领域的大人物、大师们逊色或保持无言的谦逊敬畏。连他的老师——爱默生也这样做了。在一次长久散步之后，在一个冬日的下午他这样对他身边的树林和风——树林和风难道不是更可靠的读者和听众？——说：

“他的美德不应只是部分或暂时的行为，而应是一种经常的流露，他对此既不需花任何力气，也完全意识不到它的存在。”

读书，或作为一本书所要实践的事业的价值、内涵，又何尝不是这样?

3. 良辰

文/庞培

在我和眼前这场大雨，这幢新落成的图书馆大厦之间，有一段一去不复返的三十年时光——我个人的阅读生涯。如同长江水面之浩渺，三十年，也许还不止，甚至说四十年也不为过——我是上世纪八九十年代县城图书馆时光的见证者，此刻，我已无奈地告别那一段岁月……

江阴城旧有的几处图书馆，最初没有电梯，没有空调机，更没有自动投币的饮料机，有的只是足够充裕的旧的古城空气，旧的长椅，旧式的词汇和旧书，以及无论怎么瞌睡和嗜思也仿佛消磨不完的旧的下午。图书馆的原址、建置，在 1977—2007 年之间可谓几度迁移，几度兴废（像一只驮满象形文字的候鸟）。

十年“文革”的尾声，在现已不复存在的胜利路口，有一幢“文革”时用于禁闭的民国风格小洋楼，依稀记得是在 1971 年的某一天忽然对小城读者开放了。楼里面，有前后进身的两间房子（二楼做库房或住人），其中一间用作借阅室，大的厅堂模样的一间做公共阅览室，印象中（最初，我是一名九岁小男孩），借阅室大白天里光线昏暗，所有的房梁、屋面、书架都积满经年的尘埃。图书馆工作人员全都苦着个脸，大概是些小城被打倒了的知识分子，表情统一，胸前佩戴毛主席像章，捧着书来回进出的模样既虔诚又怨忍；既神圣又抗拒。在那个年代，可以说是县城生活的一大景观，因为在一名九岁小男孩天真的眼睛里，这是一个非常稀奇古怪的场地，全城就此一家，“别无分店”。走进这里，每个人脸上的表情都变得不一样，只要一踏进县图书馆的门槛，就好像有某种抑制不住的恐怖、枯索、兴奋的思想从大人们的眼神、衣领、袖口、手脚摆动中泄露出来……人人仿佛换了个人似的，一下子变得神经质，或深沉，或无所谓，或毫无由来地大义凛然起来。阅览室开放式的书报架上，每天的读物一成不变，无非是些《人民画报》、《工农兵画报》、《解放军画报》、《朝霞》、《红旗》…… 被木制的老式柜台相隔开的地方，沿墙排放着一排高到天花板气窗位置的大型书架——这是我平生所见的第一个高大书架。在这里，我读懂了汉语中“尊贵”一词的含义——书架上的各种书籍可以对外借阅，但最初的几年里，种类稀少，依次是白色烫金或浅褐色的《毛泽东选集》、《列宁选集》、《马恩列斯毛全集》、《反杜林论》、《金光大道》、《小兵闯大山》、《较量》、《红雨》、《论持久战》、《资本论》……

这是我有记忆以来首次目睹人类社会中单本的书籍，过了大约一年之后，又有一整排新书被放在书架显赫的位置陈列，那就是

“文革”版的“鲁迅文集”，一式白色的封面，厚薄不一，书名题签全是鲁迅自己的手笔，包括《而已集》、《故事新编》、《呐喊》、《朝花夕拾》……

记得是十七本，抑或二十七本？总之我第一次看全本的《水浒》，全本《呐喊》、《母亲》、《高玉宝》，全在这间晚清、民国风格的小楼。而在我的误打误撞、懵懂莫名之外，在我孩提时代的目光之外，这些厚书大书，全有虔诚之至的读者。可以说，自从县城图书馆在“文革”中关闭，又突然对外开放之日起，它就吸引了县城周边大量的读者，它像一个久违了的温暖怀抱，又像人类知识冰冻的冷藏库，一夜之间唤醒了许许多多渴望文字和思想的眼睛。过了很多年之后，我仍旧记得那时借阅一本书，坐在阅览室舒适的长椅上看一天书的价格：人民币一分钱。同样，多年以来，当年那些来自城乡各处借阅者们的动作、走路的表情，仍旧栩栩如生燃烧在我的记忆深处……他们中间有教师、知青、工人、农民，有弄堂里无所事事的老人、被打倒的“四类分子”，有见人脸上就一副“低人一等”表情的旧式文人、走资派，也有不多的几名中学生；他们中间的一些人，很多年后成为其中的“地方闻人”或佼佼者，我渐渐可以一一喊出印象亲切的名字来了：方国荣、陈复观、李昌达、夏国贤、胡山源、李中林、陈权、顾铁林、蔡意同、蔡崇武、徐华根、赵谷怀、刘瑞清、韩家熹、姜宪……

看看，这名单里甚至有三十年代“孤岛”时期即已蜚声海上文坛的老作家，亦有之后20世纪80年代活跃于江阴各界文坛的知名艺术家。众所周知，后来的“德艺双馨”荣誉称号获得者夏国贤当年还只是一个北门浮桥头来的剃平头的小青年，顾铁林只是一名生活在青阳月城的落难知青，而×××、×××……他们在以后的成长岁月，到底从《野草》和《资本论》里汲取了多少青春的美的营养，谁也无法据量。总之，“文革”后首次对社会开放的县图书馆，就像荒野边缘的第一只鸟巢，像悬崖上被飓风偶然间放过的一小株树苗，繁衍了一大片不小的森林，而我，是这株树苗作为一粒贫瘠种子的见证者，我走到这一悬崖边沿，还是一名大字不识几个的憨小孩呢。

1973 年，或 1975 年，阅览室跟图书租借处短期分体。阅览室搬迁至今天的中山公园荷花池，而且在池畔一伏就是数年，也许有四五年吧。这四五年，我幼稚的心灵在汉字的各种象形之间游走。我是荷花池边的常客，可能也是年龄最小的读者。我把家中父母给我买铅笔、橡皮、糖等的零用钱节省下来，全部投入“池中”。这四五年，是我和书籍的“蜜月期”。“蜜月”的说法有点夸张，因我当时实在还是个不太懂事的少年，江阴话叫“赤膊田鸡”。这样说吧：这四五年，构成了某种程度上的我和书籍之间漫长、无忧无虑的童年……

一个人的成长会有童年。一个人看书，跟书本之间也会有彼此相知的一个童年。这童年的书页，弥足珍贵！

1973—1978 年这四五年，几乎每年的寒暑假，我闲暇时的首选即中山公园。就在公园那一条长长林荫路的青砖地雨道上，沿著名的玉带河，衣衫被“簌簌”吹响，我一路向前。

两个变化：一、外国文学开始进入；二、我自己的童年时代结束。往昔年代的图书馆，如同一颗钻石，总结了几代人的命运。我们难以想象，四十年代出生的人可以读懂《尤利西斯》，五十年代出生的人会对《地狱一季》津津乐道。我们无法确知六十年代的人能够真正品味出多少《道德经》、《论语》或唐诗的味道。因为在他们的童年时光，中国的大街小巷已被红色大字报覆盖。进而言之，有多少七十年代出生的人懂得《营造法式》或《尚书》、《左传》的内在涵养？一个常年居住高楼电梯房的人，走进今日空间样式新颖的图书馆，除了电脑视频窗口之外，对于图书还会有几分在乎？

雨中，刘天华的名曲《良宵》依稀响起。于是，我知道人人都有一个藏有自己的灵魂秘密的宇宙图书馆，即使他不看，不翻阅，文字永在人心中。书籍，是每个人的“良宵”或良辰。所谓“良辰美景奈何天”。先一天夜里，我还在读废名，这个性子倔躁的湖北佬，黄梅县人，几乎是过去一百年的中国作家里我最钟爱的。这名20世纪30年代战乱中幸余的讲禅论道者，他的文字使我原计划有关小城图书馆的回忆文字大篇幅删减。我原本还要讲道图书馆的几度迁徙，在今日江阴城的“百乐城”身底，在新虹桥的十几年光景。可是，我已步入泥泞的滩涂，我的风雨飘摇中的小船已勉力靠岸。“怀良辰以孤往”，陶渊明的这六个字，差不多可以做我这艘小船的名字了。我在一场早春的大雨中用铁凿把它凿刻，或者说镌刻在我的船头。

4. 女人与书房

文／艾小柯

说起女人的专属空间，一般的用词是“闺房”，什么软玉温香、幽梦缱绻啊，什么沉香兰馨、露浓花瘦之类的，很少会有人把女人与书房自动关联起来。文学作品中最有名的女子书房大概应算林妹妹的潇湘馆，小小一方天地翠竹掩映，龙吟细细，青苔幽幽，有清泉，有蕉叶，有鸟鸣，有绵薄窗纱，疏影横斜，正好养诗情画意、笔墨清新，难怪刘姥姥进大观园时要连连夸赞不像小姐的闺房，倒像公子的书房了。

女人与书房，对这个话题进行过最著名论述的当然是英国女作家弗吉尼亚·伍尔夫，她在《一间自己的房间》中说“女人想要写小说，必须有钱，再加一间自己的房间”。当然伍尔夫指的这间“自己的房间”未必是书房，她的论文作于 1929 年，“自己的房间”有一定程度上的具体指代，但更重要的是强调女性人格上的一种独立精神，强调的是女人不依从于男人的指令与社会、家庭的压力而追求文学与精神成就的一种灵魂诉求。关于女人与一间具体的、物理形态上的书房，伍尔夫并没着重笔墨。而她自己的书房，只是屋后花园中工具棚改建而来的小屋，除了一张宽大结实的粗木方桌，几盆植物，一盏油灯，几乎没有任何堪称代表的女性化装饰。小屋并不隔音，冬天既冷且潮，冻得手指都伸展不开。尽管如此，窗外的风景、乡村的气息都让伍尔夫深深喜爱这一间并不算理想的书房，在这里创作出了著名的《达洛威夫人》。可以说，现代女性主义的起源，离不开这么一间女人的书房。

“书房”这个词在英文中有两种可能的翻译。富豪人家的大书房称“library”，名曰“图书馆”，宽敞的大厅内四壁满满都是桃花心木书柜，高至屋顶，上层的古书绝版书还得架高梯才取用得。厅中一隅有壁炉、有宽几软榻，可坐可卧；临窗是传统的英式写字台，雕二精美，靠墙一端还有双层圆角文案阁，放纸张、墨水、封蜡、裁信刀。小家小户的书房叫“study”，曰“学习室”，其实不过一间靠近卧房的普通屋子，三两木架，百十图书，一张书桌，一窗一灯足矣。但不论是“图书馆”还是“学习室”，书房的结构都相对简单直白，其要素只有书与桌两样，一样为读，一样为写，怎么观察都有种“硬邦邦”的沧桑感，与女人那份温柔缱绻的活动心思似乎相距太远。

但精于布置书房的女人并非没有。2007 年英国《卫报》搞了一个“作家的书房”系列图文专栏，由英国当代的大小作家亲自选择自己书房的图片并撰文介绍，其中也间杂两篇名人书屋。其中我最熟悉的英国女作家莎拉·沃特斯的书房可真够简朴得骇人，丑陋的玻璃电脑桌跟文件柜别别扭扭凑到一块儿，跟她文字中情思细密、惊涛骇浪般的迷人气魄根本不着边儿嘛。女作家的书房中我最喜欢的是小说与传记作家玛格丽特·福斯特的阳台书屋：木地板，木桌，小方毯，两扇采光充分的大窗，阳光洗白的简易书架，满墙的照片相框，宽宽的窗台，既可放书，又可卧猫，简直完美！另外一个抓住我目光的是布克奖入围的女作家芭芭拉·塔皮多的阁楼书斋，临小窗的矮墙下置了一张小单人床，供塔皮多凌晨三四点起身写作，直到上午九时。床边顺着斜屋顶的三角空间搭出一张条桌，上面有电脑、有书册、有素描，白墙上三四画框，黑白与色彩间杂。简单的装饰，简洁的布置，格局中有变化，秩序中渗透温馨，这一看就是女人的书房。

我从新奥尔良搬至旧金山时，小小寓所里两间布局完全对称的房间分别做了卧室与客厅，没有“一间自己的房间”可让我奢侈写作。解决的办法是把客厅中本来用作储物的衣帽间卸掉柜门，置一小到不能再小的电脑桌，旁边的一点空余处放了个五层书架，我的写作空间这就算大功告成了。衣帽间无窗，只好在墙上挂江南水乡的墨迹以神游。在这个弹丸小空间里，四年中我写了将近五十万字。当然这些文字大多是零散的笔记观感，没什么值得登堂入室特别深究的。但写作的产量与书房大小没有直接的关联应该算个尚能靠得住的推论。

不过这所谓的“理论”却不能在“极值点”上深究，至少对我来说，哪怕书房再小，有也总归聊胜于无，没有是绝对不行的。我从旧金山跨洋初到大洋洲，家具书籍在海上凄凄漂泊，我在家徒四壁的陋室里抱着小小的笔记本电脑黯然神伤，一个字都挤不出来。那几个月里我过得焦躁至极，在新大陆上找不到落脚点，心里空荡无依。我想念的，除了摸熟悉了的键盘及被台灯烧化了一角的显示器，除了书桌上的猫毛跟旧书页里的尘土味儿，是那小小空间带给我的一份归属感、安全感。对我来说，书房不仅意味着一个独立的阅读空间，它更重要的功用是滋养一份平和安静的心态。它让人在一个熟悉而放松的状态下想心事、理私情，它帮人赶走浮躁与焦虑，让思想与创造力集中，让灵魂在一个哪怕只是暂时的小空间里不受限制地驰骋，从自我与别人的梦境中获得最大程度上的精神自由。我觉得这是书房的最可贵之处。

女人需要书房，我觉得其重要程度不亚于女人需要衣橱。一个养内，一个安外，缺了哪个都会令人遗憾。

5. 书

文/艾小柯

《刺猬的优雅》中五十岁的寡妇荷妮是个矮胖平凡的门房，为人冷漠寡言，毫无特色，但在荷妮紧闭的门背后，却有一个充满了书籍的隐秘小天地。小女孩芭洛玛与新住户小津格郎先生窥见了荷妮的秘密，他们发现这个一贯泯于众人毫不起眼的门房竟有着无比优雅的精神世界，那里有列夫·托尔斯泰的俄国风光，还有小津安二郎的“红豆布丁颜色”的山脉，那里住着一个不卑不亢、细腻而渊博的女人。荷妮在与小津先生几次交往的过程中保持着一个特色，哪怕她心知自己与小津先生再不般配，自己的身份哪怕再细小卑微，她的态度始终如一，不隐瞒、不谄媚，尽管也会背后自怜，却绝不作态。正是这份坦荡让小芭洛玛着迷，说那是“刺猬的优雅”。荷妮的这种优雅，是真读书人的气质——博大的谦卑，孤高的骄傲。

《与玛格丽特的午后》中也有一位读书人——九十岁的孤寡老太玛格丽特。玛格丽特住在养老院里，每天的娱乐是中午步行去公园，坐在阳光下的长凳上读书。读着读着，就遇见了也常去公园长凳上吃午饭的乡巴佬杰尔曼。这个杰尔曼从小便有阅读障碍，个头胖大粗鄙，被朋友们取笑调弄也不怎么在乎，总之就是个粗线条的人。杰尔曼与玛格丽特因数鸽子而相识，因加缪的《瘟疫》一书而相知，谁也没想到完全不是读书料的杰尔曼竟拥有丰富细腻的想象力，他听玛格丽特读书听得入了迷，每天都准时等待那个和书籍的约会。

《刺猬的优雅》和《与玛格丽特的午后》两个都是爱情故事，都有喜有悲，而且还都不怎么现实。不论是文艺女性荷妮还是乡巴佬杰尔曼，他们都因阅读在某种意义上进入了一个崭新世界，他们所爱的，与其说是某个具体的人，倒不如说是一种人生的可能，一种“逃离鱼缸”的升华。荷妮是主动而小心翼翼地在她隐秘的心灵世界中寻找这些可能，直到她遇见小津先生；杰尔曼则是误打误撞，懵懵懂懂，直到他终于在罗曼·加里的自传《黎明的承诺》中找到了与母亲关系的终结点。这两部电影都不完美，都没有对主要人物的来龙去脉做出百分百令人信服的解释与安排，严格说来都算蓄意煽情的产物，但我依然感动得全不在乎，就好像我曾动情于莱昂，不会追究为什么一名杀手会只喝牛奶，为什么街头枪战发生得司空见惯——这些完全不是看电影的重点嘛。童话之所以为童话，正是因为它们抛弃了现实世界的某些逻辑束缚，将隐藏在人心底最真实的渴望挖掘出来，赋予它们形体、气味、感受，赋予它们生命，让它们在最美好灿烂的情境中得以升华。

那么，对荷妮、杰尔曼和玛格丽特这些毫不起眼的普通人来说，究竟是什么让他们变得那么与众不同，让他们从灰暗的现实世界中脱离出来，成为观众眼前那些发出彩虹般光彩的有故事的人呢？

书籍、阅读。当然是书。

书是有魔力的。玛格丽特送杰尔曼一本字典，帮他识字，告诉他："你会从一个世界进入另一个世界。你在迷宫中走失……你停下来……你会做梦……"每一个爱书的人都说"读万卷书行万里路"，但书籍并不只是带人行万里路那么简单，她带你进入的是另一个维度的世界，在那里生活充满了无限的可能性，时间空间都不再是阻碍，从宇宙零秒到世界终结，从一个人的心到万千人的梦，只要你愿意，书都可以将这些无穷无尽的可能性在你面前缓缓展开，有景，有境，有情。

是啊，书中有情。那些薄薄的纸页上承载的是怎样一些千回百转浸透了爱恨的文字啊。有的书是热烈直白的，情感的细枝末节都诉诸笔端，讲解得明确无误；有些书则是缱绻内敛的，她们不谈情爱，但她们描述，描述四季交替中那些最难于捕捉的光影，描述最微妙、最无法定义的小活动、小变化、小涟漪。但谁又能否认，那些沉默的字母与字块间，在写作者的心与笔之间，没有一股爱意暖流在淙淙流淌呢？就好像小芭洛玛从没跟荷妮说过"我爱你"，但她一笔一画地画荷妮，画她的小屋、她的书架、她的书，做成卡片悄悄塞进门缝；就好像杰尔曼不会说什么漂亮话，但他给玛格丽特做手杖，他一遍遍地练习朗读，就是为了让小鹿一样优雅的玛格丽特继续与书为伴，与阅读厮守终生。

写书人有情，读书人也有情。玛格丽特从不嘲笑杰尔曼的无知，她专拣那些抓人心绪调动好奇的片段读给杰尔曼。杰尔曼感谢玛格丽特读书给他，而玛格丽特却说是两个人一同读完了加缪，“一个好读者本来就是一个好听众”。荷妮管与自己相依为命的懒猫叫“列夫”，小津先生的两只灰猫一个是“列文”，另一只叫“吉蒂”。这是读者与作者之间的小秘密。谁能想到不同空间里那些毫无关联的个体们，就这样因着那些薄薄的纸页跨过时间与空间走到了一起呢？没有鲜花，没有掌声，甚至完全没有表达的机会，但随着目光轻轻拂过一个又一个的字、词、句，他或她从此就慢慢进入了他与她的心底。这感情甚至完全无须表达，不，再华丽的形式也都是苍白。只有阅读，阅读，阅读。阅读是读者写给作者的情书。

这无声的情书里承载着真理。有谁不会“在母亲的坟墓前号啕”？又有哪个家庭不是“各有各的不幸”？书籍的动人不仅是她美丽，也不仅是她奇趣盎然，她动人是因为那情感真挚、真诚、坦白。好作品是一颗颗被剖开了的心，所有的秘密、心事、成熟与不成熟的思考、质问、苦闷、沉积、追寻，全都摊开晾晒在读者的眼前。作者与读者在这条路尽头所共同寻找的是混乱无序的人生里一些稳定、真实、坚如磐石的东西，这东西便是真理，是爱。

我喜欢《与玛格丽特的午后》中杰尔曼被年轻漂亮的女友安妮特莫名其妙地深爱，喜欢玛格丽特那张与非洲孩子们的黑白合影所透露出来的小讯息，也喜欢《刺猬的优雅》中又穷又老没上过什么学的荷妮竟然坐拥书城，是无与伦比的精神贵族。因为这些人物与书本、语言，与阅读之间的关系从来都不是偶然的。没有对精神世界的强烈好奇，没有甘于孤独的执著坚忍，没有那一颗保持原初的赤子之心，他们便不能与书籍厮守过那么些平淡而又奇妙的日子，维系那样长久而又热烈的激情。我不觉得这样的逻辑过分虚幻，脱离实际，这是另一个层面上的真实，是每一个人物隐藏在世俗身份背后的精神核心。

于是，书让人发现了爱，爱让人选择了书。这是多么不寻常的爱情故事啊。

6. 读书之『闲』

文／陈武

不知谁说过，图书馆是一座城市的思想，也是一座城市的灵魂。但是我却把图书馆当作答案，当作家里的一个房间，或者是我家门前瓜棚下的一块阴凉。我在这里可以随心所欲地和大师们对话，领略并感受大师们那充满智慧的思想和他们的思想放出的光芒；也可以和名不见经传的作者喁喁闲谈，聆听他们的趣味和风情。如果在书中，巧遇那些出入图书馆的主人公们，那种亲切和美好，真如春风拂面。说真话，这种闲适的阅读，一直影响着我，也一直是我心向往之的，这让我想起历史上一些闲读的或闲写的趣事。

早在一九二七年一月，成仿吾先生在《洪水》杂志第三卷第二十五期上，有一篇很标榜的文章——

《完成我们的文学革命》，文中略带嘲讽的口气，说鲁迅先生“坐在华盖之下抄他的小说旧闻……这种以趣味为中心的生活基调，它所暗示着的是一种在小天地中自己编自己的自足，它所矜持着的是闲暇，闲暇，第三个闲暇”。到了一九三二年四月，鲁迅先生编辑他的第四本杂感集时，对成仿吾的话还有些耿耿于怀，在序言里重提了这件事，“而且‘有闲’还至于有三个”，因此，把文集“编成而名之曰‘三闲集’”。

鲁迅先生被人家说“闲”有些不痛快，也许并不是成仿吾的“浅”，原因可能比较深奥也比较复杂，我们不去推想。丰子恺先生写文章标榜自己闲，却是真心的。他的画和散文，大都反映悠然、自在、恬淡、轻闲、自然、质朴、乐观等内容，有一篇《闲居》，还把“闲日月中的闲日”的生活情调，比作音乐，举了一大堆音乐俗语和音乐家，很有些自得其乐。方成作画，姜德民作文，印过一本《闲人与闲文》，记述不少京城名流悠闲自得的读书生活，倒是让人神往。记得若干年前，看过一本小书，叫“中国人的悠闲”，讲了许多种中国式的悠闲：散步、游历、养花、钓鱼、谈天、喝茶、下棋、观剧、听书、唱曲、斗鸡、斗蟋蟀、玩鸟、吟诗……还把读书之乐当作悠闲的一部分，让我特别地有同感。“读书不独变气质，且能养精神，盖理义收摄故也。”这是明代文人陆绍珩在《醉古堂》里的话。又说，“披卷有余闲，留客坐残良夜月；褰帷无别务，呼童耕破远山云。”“闲中觅伴书为上，身外无求睡最安。”一向以玩乐为上的清人李渔在《闲情偶记》里更是说，“读书最乐之事，而有人常以为苦……就乐去苦，避寂寞而享安闲，莫若与高士盘桓、文人论道。”现代作家孙犁在读书之余，喜欢给书包上书衣，并在书衣上题简短文字，记述有关的书人书事，独创一种“书衣体”，结集有《书衣文录》，留下佳话。孙犁喜欢理书整书读书，觉得这是生活中高境界的悠闲。汪曾祺在《谈读杂书》一文中说，“泡一杯茶，懒懒地靠在沙发里，看杂书一册，这比打扑克要舒服得多。”

以上这些，都是说读书的“闲”的，不过，能达到这种闲的境界，可不是一般人都能做到的。有人说，“好读书如果是天性，那当然什么都不用说，肯定是乐在其中，不读则苦。嗜好的读书正是无功利目的的读书，是一种人生悠闲而有意义的享受。”宋代大文人黄山谷也说，人要不读书，会言语无味，面目可憎。林语堂把读书比作一种心灵的活动。清代文人张潮的《幽梦影》里，对读书更有妙解：“善读书者，无之而非书。山水亦书也，棋酒亦书也，花月亦书也。”又说：“有功夫读书谓之福，有力量济人谓之福，有学问著述谓之福，无是非到耳谓之福，有多闻直谅之友谓之福。少年读书如隙中窥月，中年读书如庭中望月，老年读书如台上玩月，皆以阅历之浅深为所得之浅深耳。”

这些前人的妙论，多少次都让我回味无穷，所以也就无法改变我泡图书馆的习惯。试想一下，如果你躲在图书馆里，手把一本书——当然是亲自淘来的书，于闲读中，体味书人书事，沐浴智慧之光，其间妙趣，非三言两语可以说尽。

那么，也许有人会说了，如今商潮滚滚，谁还有心情把玩闲书呢？那是他对所谓的“闲”还理解不到位，或者说修行还不够。所谓闲书，不过是相对而言，透出的，应该是读书人的心态、智慧和气质，是只可意会不可言传的东西。是的，正是这种略显古怪的闲读，一次次地唤醒我的创作欲望。也正是图书馆的魔力，唤起我闲读的兴趣。闲读就像疯狂的强效药，能让我得到意想不到的收获。

7. 关于漂泊者的『火车图书馆』

文／周眠

来信——

列车长：

您好，我是这个时代所常见的不实的人。我喜欢城市生活，也爱乡居；我爱北边的山，也爱南边的水，西边的沙和东边的海。所以我常乘坐长途火车。我这样漂着，所以一直也没有稳定的工作，可称得上“穷游儿”。因为父母不在身边，也没有女朋友，所以穷游不是问题。还有个更紧要的问题，很长一段时间困扰着我。

鉴于我的漂泊无根，所以我爱读书（这

里，书只是指有手感的纸张书）。每次出行，我都要在书架上挑出十几本，背上满满一包，期盼可以克服旅途的空虚感。但每一次打开旅行包，我总是感到索然无味。我开始惦记起没带在身边的那些书了。我想，旅途之书是怎么也挑不好了的：在内陆城市反而会想看关于大海的书，在大海上会想念乡土的气息；在繁华的城市会想念手稿本涂涂改改的书信集，在荒凉的城市又会想念一些地铁导游手册之类的快捷读物。总之，什么时候想读什么书，真是没个准头，无可措手，毫无规律，使人抓狂。因此我灵机一动：

为什么火车上没有一节改造成书房的车厢呢？这听上去有点奇怪，但是，既然为了满足好吃之人的需要，火车上有一节车厢腾出来叫作“车餐厅”，那么同样为了满足精神食粮的胃口，为什么没有一节车厢叫作“书餐厅”，或者叫“书房车厢”呢？ 我想，有一个好图书馆的城市，就有千家万户的书房；有一列拉着图书馆的火车，就有了千山万水的书香。

不知道您是否可以收到我的这封来信，只是因为这个意见箱像个垃圾桶，所以我就把心里的苦闷倒一倒了。

顺祝

车正点、人正点。

按照我的想法，这封信会石沉大海吧。或者有了回复，也不过是劝这位旅行者不要占着碗里的扒着锅里的，克制欲望，安心当下，即便只带着一本书，潜心于手头这本就好；另外，再劝这位穷游儿找个稳定的工作单位，人生苦短，不要再这样贪玩了之类。可是列车长的回信出乎意料：

回信——

尊敬的穷游儿先生：

请不要以为饱受旅途中无书可读之苦的人只您一个，想想列车长这样更漂泊、更正点的人吧！

收到这封信的机缘，正是由于我陷于无书可读的苦恼。我必须到意见箱翻翻有什么新的纸条可读，即使是最无聊的意见都使我觉得有看头。可是，那些意见怎能和您的意见相比！我把自己关在值班室，兴奋地把每个字都念了出来。我召集我的同事——就是平时您见到的卖盒饭的、卖发光球的、倒开水的、检票的诸位同事——其实他们也同样是隐藏很深的爱书之人——我们开了个小会，他们也都为这一想法而摩拳擦掌。大家为此进行了一次头脑风暴，想法汇集如下：

1. 诞生吧，火车图书馆！

2. 火车图书馆的藏书，不需要采购的成本。我们只好先做好防跌落的书架，旅途中的人自会留下他们的随身书，就像你厌弃自己随身的书。同样地，他们也会找到梦寐以求的书。

3. 火车图书馆需要装修，要有书房的特色，又不失火车的风味。可以利用仓库现成的东西做到的是：昏暗而专注的列车小灯，皮革座椅，舒适而简单的脚凳。而在这个世界上，最有魅力的窗，无过于书房的窗，和火车的窗。在这里，它们则合为一体：每位读者，一面车窗，一盏灯，多美好啊！

4. 列车票上可以做点文章：坐票、卧铺票、书铺票。

5. 这样的图书馆适合慢车，尤其是我们这一辆绿皮火车。阅读的书也应该是绿皮火车的速度。

6. 我们会向部里建议，开通爱书之城发往爱书之城的火车专列，汇集爱书之人。这将是火车界和读书界的盛会，即使在这趟旅途上，他们只是自看自书。

7. 至于书籍摆放，初步设想按照世纪的编年来划分。这样的好处是，可以天然地划分出静区和喧哗区。

8. 设置一些书籍募捐筒。路过偏远的乡村时，募捐筒会投放书籍的包裹。

9. 阅读的益处不止于阅读者。穿过火车图书馆去找座位的人，会像穿过不列颠图书馆的前后门走出来一样，神清气爽，尔雅温文。

10. 甚至轨道下的人们，也会看到这列有图书馆的火车，这奇妙的海市蜃楼的幻影，会提高他们阅读的兴趣。因为，有的时候，阅读比书本还要美好，图书馆比阅读还要美好，何况是火车图书馆呢。

因为您没有留下通信地址，所以这封信只能石沉大海了。但是我们决定将来信和去信裱起来，挂在书房的入口处。入口处是吸烟区，我想，很多玩世不恭的吸烟者会拿它当作取笑的材料，但也会有一些吸烟者，当烟燃烧完了，他会显露严肃的面庞，进这个书房来。他会被这个车厢的魅力打动。因为一个老男人的魅力在于坐过很多次火车，一本旧书的魅力也同样如此。

顺祝

人生苦短，在书香中继续漂泊。

8. 烂笔头

文 / 周眠

每天的写作工作之前，我喜欢把十几只原木铅笔，仔细削好，整齐排在写字台边，随手取用。日子久了，积了好多烂笔头。

“烂笔头”三字，不知谁先说的，真是寻常意思，又大有意思。烂，所以不会太过庄重严正、把心头的好思绪束之高阁，可以用平常心、等闲见识，信手拈来，落笔成字，从低的期望值开始，稳便妥帖，沉舟病树般惬意地展开书写。此时，烂笔头就像一颗种子，落在纸上，妙笔生花；随着笔头的渐渐钝去，意思却更锋利，如农人镰刀，闪着寒月之光，渐渐升起的灵感笼罩着烂笔头。真的，最难最难有心栽花，最简最好无心插柳。烂笔头，它是个不起眼的开头，一切故事皆可从烂笔头开始。好小说的开头，多是那样的微妙，那样的青萍之末，带着原始森林中腐烂之叶的清新气息，或者说，烂笔头的草莽与便宜之美。比如，“你就叫我以实玛利吧。”——《白鲸》；“我年纪还轻，阅历不深的时候，我父亲教导过我一句话，我至今念念不忘。”——《了不起的盖茨比》；“我已经老了，有一天，在一处公共场所的大厅里，有一个男人向我走来。”——《情人》；“今天，妈妈死了。也许是昨天，我不知道。”——《局外人》；“一天早上，格里高尔·萨姆沙从不安的睡梦中醒来，发现自己躺在床上变成了一只巨大的甲虫。”——《变形记》；“穿过县界长长的隧道，便是雪国。”——《雪国》；“多年以后，面对行刑队，奥雷连诺上校准会想起父亲带他去参观冰块的那个遥远的下午。”——《百年孤独》。这些开头仿佛从一个“烂”字诀开始，写到动人，瑰伟，奇绝，又复归于平淡。生存还是毁灭，这不是鹅毛笔问得起的问题，这是属于烂笔头的大问。

打量这支烂笔头：它本身带着随遇而安的心态，和悲天悯人的气质，舍身求法的神气。仿佛是写作者的人格化身。也可以说，它不长的写作长度，是写作者的一次次小生涯，随着写无可写、手无可持、最终放下，它以身试法，代写作者一次次地了悟。最近有部好电影，有一段描述了烂笔头的使用过程，那就是《少年派》。少年在海上，写漂流日志，记下所有琐碎，一支笔写成烂笔头，写成炭末，写成一个小黑点，正不知怎么拿着这个小黑点写下去，呼的一声，记录得满满的本子被骤风吹去，少年只能两手空空：那一刻，好一个暨岭云深，曹溪路险，当此之时，宇宙冷峻，生命孤独，而又有新的坚强从心内生出，方知道说了那么多原是废话。烂笔头的意义也在于此：看它静静地躺着，带着修磨了多少次才能修出的适手，仿佛一个有灵性的生物，它知道，说了许多话，该归于静默了。

于是赞曰：笔不在贵，有感则灵；烂不在意，意在笔先。斯烂笔头，便吾手头。刀斧削头净，手泽入木深。沙沙描世界，寂寂吐清真。可以接乡土、照梦国。连浩渺之广宇，作无声之雷霆。迅哥金不换，钟书好脑筋。所以说，何烂之有？

9. 让书房只留下一本书

文／陈武

年末了，大家都来盘点一年的阅读所得，可我今年也没读多少书，所以不免顾左右而言他，为大家补缀一下，谈谈这一年来，我对书的思考吧，那就是：为了更好地读书，努力删减书房的藏书量，让书房只留下一本书。

今年，我不再像过去那样狂热地囤书了。

曾经的书房，是：家有良书房，收书满东墙；要拿一本书，抽动一山岗。

可我今年终于意识到，书多了也许不代表博学，而是糊涂。对于书房来说，主人最好的行为，不是用书充满它，而是让空的空间和书籍所占用的空间，协调为一个黄金比例，让书房从“书的仓库”中解放出来，成为真正的自在的书房。

那么恰当的比例是怎么样的呢？

我想是：

一橱书——无所适从；

一本书——读之不尽。

一个房间里放一本书——理想境界。

一本书会不会太少了？我想，这就像择一个朋友去喝茶。如果是两个，反不知该说什么话了。

和一本书相处，可以感受到它水银泄地的气场。

一本书，且以薄薄一册为佳。

一个人和一本书，便如：风烟俱净，天山共色，从流飘荡，任意东西。

某年秋初，我有过与一本书相伴的美妙经验。那时天气尚暖，晒太阳正好是件惬意的事。恰计划要读钱穆的《湖上闲思录》，就想起城南那片大湖来。于是每日间，带上这书，送妻子上班，然后就独往湖边那片很大的草地上去。草地临湖是小斜坡，躺上去正是看书的舒服姿态。

这本《湖上闲思录》是钱穆先生在太湖近边，“时时见到闲云野鸥风帆浪涛”的悠闲时光中所起的灵透光彩的哲思。每一篇就像钱先生画一面湖给世人，只看世人有没有闲下来的心地，来放下此湖。真是好书，一面读，一面用小毛笔在页的边角记下感受。而最妙的是停下来不往下读的时候，合书，瞭望四际，那片草地真有草原那样大，少有人来，湖中岛屿在水波上浮动；而天地宇宙之大，我独逗留在此字与彼字之间，交谈于亦古亦今之人。我在书前批曰：吾爱钱，尤爱钱穆。

我之希望“让书房只留下一本书”，留下的便是这样的书。

但其他的书又怎么舍得呢？

在自家书房，暂时做不到只留一本书的“理想境界”。我的阶段性成果是：刚刚卖掉了小半墙再也不会看的书。

年底时，我发觉一些书再也用不到了，于是下了决心，将它们整理出来，粗略地分为若干品类的包裹，每包一样的价格。拍下书脊照，在网上发了个帖子，请大家各取所需。

几个包裹分别注明：这个是“给星星下的人”；这个是“低调好书”；“这一包给热爱写作风格练习的朋友”；“给喜爱夜读的朋友”；“这一包是思考乐”；“这一包打理给喜欢古典的朋友们”；“给聪明的孩纸”……

分众人以杯羹小菜，救自己免淹于书海。

怕这样的游戏沦为普通的贩书，所以用了点心思：

在拍照时，每个包裹都会有一本比较有味道的小书，是书脊向内，不使人看到的。这是权衡价格之后，另送的一本“惊喜”。

这样的小书，被订购之后，会用宣纸包裹好，夹上一张手工书签，很素，没什么花哨的图案，是《古诗十九首》中的句子——如此成一个大包裹，发出去。

我想，如此又要费几天工夫了，尤其是周末的晚上，上网的人又远比工作日要少，会断断续续地占用时间来处理吧。

谁想到，就是这样的一个晚上，十几个包裹被订购一空。一瞬之间，少了一面多余的书墙，多了一千多块的收入：这似乎暗示着我——又可以继续买书了！

当即在购书网上，又欣然下了一大单。

照这样下去，书籍也许会越处理越多的。书架上的空位，总是给人以诱惑,“只留一本书”真的不简单啊，也许是要一辈子去修成的事。

但即使是书房只留一本书，还不够干净。只要不够干净，总会留下这样千载同理的苦恼：无论如何宝爱的书，其终点总归是被人收去。

书和爱书人的不变经历：买书，读书，借书，还书，笑书，注书，撕书，骂书，出书，送书，藏书，焚书——自在原来不读书，书中自有到底无，书事了，唤人来称书。

更干净的是什么呢?

我想，一个人可以没有一本书，又拥有所有的书。

怎么做到呢？其实很简单——

让城市拥有一个很棒的图书馆。

这就是图书馆的美妙之处：来这里的人，只要有一张借书卡，便可以没有一本书，而又拥有馆内所有的书。

所以，我希望图书馆拥有丰富的书。那么，这个城市有借书卡的朋友，全都是家藏万卷的人了。

所以，建造一个好的图书馆，是一个城市多么划算的投资啊。

让书房只留下一本书，让所有城市都有一个很棒的图书馆吧。

对了，这个图书馆最好也在湖边草地上，设一个分部。

10. 读书与修行四大法则

文\朱敬一

选

有句老话说“书中自有黄金屋”，现在看来是有问题的，这句话出现的时候没几个人读得起书，读得到书。现在就不一样了，每天生产出来的书多得数都数不清，一个网络作家一天就码一万多字，一部完整版的网络小说一般都在百万字左右。所以当一个人立志要选择读书来修行的时候，选择书就成为首要问题了。关于选择，我的关键词是“追本溯源”。不要去看流行的读本，一般市面上可看的流行读本都是经过兑水之物，举个简单的例子，我们一般人都知道《西游记》，但是估计没有几个人通读过《西游记》原本，我们了解的《西游记》都是小人书，电视剧里的《西游记》。那里表达的意思已经和原作者相去甚远，所以我可以说 90% 的人了解的只是山寨版的《西游记》。原版可能从阅读感上不如流行读本那么顺畅，但是就是那种原汁原味的才真正体现了阅读的体验。

纳

人的一生不可能读完所有的书，也不可能一辈子都在读书，所以精读几本书是很有必要的。在人生的每个阶段都反复地读一本书，体会可能会完全不一样。但是并不是所有的人都真正会读书，其实看字、读书和阅读都是有不同含义的，我会经常要求我的学生反复阅读我指定的几本书，第一遍看完之后，和我谈谈体会，过一段时间，我会让他们再读一遍，然后就要求他们把整本书要阐述的内容用文字的形式回忆一遍。第三遍看完之后他们的体会一定会和第一遍完全不一样，然后我会让他们找到同类型的书籍通看，找到本书和其他书在表述内容和表达方式上的不同，然后根据他们自己的喜好对这本书进行一个系统评价。到了这个阶段，他们才算是基本把这本书很好地“收纳”进入自己的知识体系中去了。

控

我是一个反对整天读书的人，我觉得所有在书中获得的知识只有在实践之中得到验证，在自己的大脑之中得到发酵才是有用的。我的观点是：一个人在少年时代应该饱读诗书，20 岁出头就要很好地踏入社会去体验人情冷暖世态炎凉，等到 30 多岁成家立业之后应该找一段时间重新读书，这个时候，少年时代的很多观点可能会改变，很多人容易被社会世俗淹没，被家庭烦琐所稀释，所以这时回到书斋整理心情是很有必要的，这个时候的读书调理我称之为“中兴加油站”。我认为一个月读一本书是智慧的，不必多读，但是你一旦选定要读的书之后就一定要把它读完，不能半途而废，好书是值得你慢慢读的，然后在旁边做一些读书笔记，现在流行用微博来做读书笔记，我觉得也不错，想象一下，一本你买回来的书经过你的阅读留下了你的笔记、你的心得，或者是你的小画，留下了你的美妙时间。这其实就是一个你自己的作品。

化

“吸星大法”里最大的难处不在于你如何吸别人的功力，而在于你如何化为自己的功力。所以化之法才是读书修行之中最重要的，我的关键词是“说”和“辩”，这里成功的例子就是疯狂英语的创始人李阳，他从一个英语只考 3 分的人转变为在全中国教授英语的狂人，用的唯一方法就是“说”。对自己说，对别人说，对无数人说，说的过程就是你转化书中读来的知识的一个过程，也是梳理你思维的一个过程，先说服自己，再说服别人，然后再说服无数人。在这个过程中别人的内力转化为你自己的内力。“辩”是一个更高的要求，因为“说”只是一个单项的表述，而“辩”是一个交手的过程，它要求你对自己的功力运用自如，知道如何规避自己的弱点，观察对方的漏洞，每一次辩论之后你才会知道自己有多么无知，有太多东西需要去学习，这种交手的结果就化为一种动因，触动你再一次拿起书本，好好读书。

11. 书房和屁

文/朱敬一

一般说来一个体育不好又不招女孩喜欢的男孩，在没有电子游戏的时代就会自动选择进入书房，我基本就属于这样的一种类型。所以在江阴漫长而无聊的少年时代，我可以去的地方一般就是红星电影院旁边的新华书店和在虹桥路上的小小图书馆。我到现在还保留着那时候的借书证，那时候借书的人要借本好书是不容易的，不但要等还要眼疾手快，所以每次我进图书馆借阅室就很紧张，而我一紧张就会放屁。所以每次我出现在那狭小的借阅室里面就会出现一些奇怪的气味，久而久之，慢慢形成了条件反射，我一看见书多的地方就会情不自禁地放屁。这真的是一件很害羞的事情。所以我从小就梦想有一个属于自己的图书馆，这样我可以尽情看书，就算有气味也不怕被别人说。

当我拥有一套自己的房子的时候，我第一个设想的就是一个落地的、满墙的特大书柜，当我把自己从中学到大学，再到工作以后买的林林总总的书都放在一起的时候，似乎看到了我的整个少年时代：初中看金庸和古龙，高一迷恋汪国真和席慕容，高二看三毛和刘墉，高三就看苏童和余华了，大一一口气看完了所有国内 80 年代新作家的作品，大二开始装模作样看西方哲学，这时候才发现书读得多一些也是可以用来忽悠女生的，就读得更起劲了，大三开始大量读西方诗歌，和读哲学一样一知半解，但是拿一本一般人都看不懂的书看个半天，那个架势是很优美的，大四基本是不读书时代，就是四处找看艺术电影的时代。我最大本事就是和女生讲解她们看不懂的电影，牵强附会地瞎扯、分析里面的所谓深刻含义，我也就在那个时候锻炼了自己的口才。

结束大学时代，做回一个教书匠的时候，最大的自豪就是满满一屋子的书和电影光碟，这就是一个 70 年代出生的文艺青年所有的骄傲了。1998 年到 2002 年左右我的书房经常是高朋满座的，几乎会集了同龄人中所有的留守江阴的文艺青年，高谈阔论，务虚而潇洒，伤感唏嘘而相互慰藉，小城市的文艺青年最大的悲哀就是只能长时间坐而论道却没有机会去实践。那时候的我们有大把的时间去反复看一部电影，去细细研究和交流一本书，每次去上海、南京基本都会拎回一大把所谓“精神食粮”，相互间借阅，然后周末聚在一起交流。

这个书房黄金时代，在 2003 年左右迅速瓦解了，这个诡异的年代一来大家都忙于结婚生子了。我的书房一下子就冷清下来，我记得那一年我去南京再也找不到那个南大后门的艺术电影超级卖家了，难道他也结婚生子去了？我郁闷地买了一堆诗歌集回来，把我书柜的最后一点空隙塞满了，当我发现我的书柜终于塞满的时候，就突然有一种莫名的失落感出现了，难道不断读书也会空虚？就在那一年我拿起停了很多年的画笔开始画画，先给很多诗歌集画插图，然后开始画大幅的创作，同时也开始写作。也就在那个时候我发现我几乎没有了买书买碟的欲望。

2005 年我去北京拜访著名话剧导演张广天，走到他楼下的时候，我发现几个小贩在哄抢一大堆书，我走近一看，里面有很多是我寻找很久想要看的书，那个丢书的人就是张广天，我感觉很奇怪，晚上喝酒时我问他这么好的书丢了多可惜啊！他笑笑说：我觉得人这一辈子真正读通几本书就足够了，读多了没有啥用。我听得稀里糊涂，不置可否。

也就在 2005 年我离开江阴去了上海定居，我的书房从此变成了我的客栈，我每次匆匆回来最大的喜好，就是爬上爬下找到一些当年的记忆。有一天深夜我睡不着，又把那一套 80 年代新文学丛书拿出来翻看，这时候不知觉地放了一个奇响无比的屁，在寂静的深夜划过夜空，一下仿佛把我带入了少年时代。

12. 只因它们拨动了我心中的弦

文／吴正毅

若干年前，听到张国荣的《有谁共鸣》，清冷低回地唱着：“风也清，晚空中我问句星；夜阑静，问有谁共鸣？”心中便是一动。夜阑风清时，满腔心事无处倾诉的境遇，只怕谁都曾有过几回吧。那种孤寂的情绪便如一枝绝望的藤蔓，慢慢爬满了整个心房，心中只觉微痒和刺痛，却无从安抚和抓挠。幸好，还有书籍。那漫无边际的书海中，总有那样一些文字和故事，神奇地契合了我们彼时的心境。沉甸甸的书捧在手里，踏实而温暖，那位未曾谋面的作者，用或舒缓或俏皮或澎湃的笔调，写出了我心中发酵已久的情绪，或是那些我渴望已久却从不曾发生在生命中的故事。是的，这些书，拨动了我心中的那根弦，那由此产生的悠远共鸣，便是我从阅读中获得的最大快乐。

回想起来，在我的阅读经验里，第一次有类似“共鸣”的情绪产生，大约是在我小学三、四年级的时候。那时在《中国儿童报》上连载了一则插图故事，讲的是一只小熊背井离乡去寻找幸福的经历。其中有一段，写到小熊历尽坎坷却没有找到幸福，满心怅然地坐在小河边思念家乡。旁边的插图上，小熊孤单地坐在夕阳西下的小河边发呆，身边放置着行囊。不知怎的，看到这里，我的心中忽然升腾起一种莫可名状的感觉，竟觉得小熊那种惆怅迷惘的情绪分外熟悉可亲。那位写故事和绘插图的叔叔（或是阿姨），他（她）并不知道我的存在，却如此轻易地直抵我的心灵。事隔多年，那幅画、那段文字仍然深刻地印在我的脑海里，它们或多或少地影响了我成年后的阅读习惯。我不喜欢太过炫耀技巧、故作高深的作品，总觉得作者的写作技艺固然尚算高超，却缺乏一些真诚地面对读者的姿态，难以拨动我的心弦，没有共鸣，便难以产生阅读的愉悦感觉。

在这个世界上，总有一些书能够击中我们的心灵，尽管它们来自不同国家、分属不同体裁，或者居于纯文学和通俗文学的不同阵营，但它们表达的是人类亘古至今共同的情感记忆：青春与爱情，死亡与永恒、梦想与苦难……荣格关于“集体无意识”的理论，也许用来解释我的这种阅读感受是很恰当的。从小到大，我在旁人眼中都是“林妹妹”式的柔弱女子，而同宿舍七年的好友终于一语道破我的“底细”：“你心中其实是有个英雄梦的。”是的，很少有人知道，“侠女”的梦想至今盘踞在我的心中，我喜欢那些行事果断、身手利落、自由如风的女子，她们与我的生活形成如此巨大的反差，却又如此自然地融入我的思想与性格中。所以，我喜爱阅读武侠小说与侦探小说。武侠小说让我的“英雄梦”有了生根发芽、自由延展的土壤，在策马仗剑江湖的故事中，我听到自己的心灵发出狂喜的呼喊。而看似最为血腥的侦探小说，其实最能为我带来安全的满足：真相总会浮出水面，真凶总要付出代价，比起残酷的现实世界，这些故事反而令人安稳踏实许多。

在我曾经年轻飞扬的梦里，有许多情绪是关于爱，关于青春饱胀的激情的。所以，那时阅读的快乐，也大多来自对青春与爱的共鸣。圣埃克絮佩里的《小王子》是大学时许多女孩的最爱，也曾让我爱不释手。“你看到那边的麦田没有？我不吃面包，麦子对我来说，一点用也没有。我对麦田无动于衷。而这，真使人扫兴。但是，你有着金黄色的头发。那么，一旦你驯服了我，这就会十分美妙。麦子，是金黄色的，它就会使我想起你。而且，我甚至会喜欢那风吹麦浪的声音……”那只等爱的狐狸，是不是曾蛰伏在每个女孩的心里？我心里的狐狸，就是在阅读这本书时被唤醒的。那些莫名的思念、无端的狂喜和过分的敏感，都在这里找到了答案。一个异国的作家，在60年前写下的这样一本书，此时却以“驯服”这个词准确地传达出我心底属于青春期的潮湿忧伤的情绪，这是一件多么美妙的事！

那时大学里还流行一本书，是江南的《此间的少年》，用金庸小说人物作为校园生活的主角，从情节到笔调，都有一种戏谑的感觉。但那些发生在大学校园里的寻常悲喜，一次次令我感动。小说临近结尾时，写到主角们宿舍的窗前是一株高大的银杏树，抬头看的时候，整个一片天空都是金黄的银杏叶子。“落叶纷纷，有一些落在草间，有一些吹上屋顶，还有一些撒在他们宿舍的桌子上，六个抽屉的桌子，里面有一个属于杨康，上了锁。落叶下那个上锁的抽屉里有一本蓝色封面的日记本，有人曾经用娟秀的字体在上面写：

‘杨康是个大坏蛋。’”书中，我最喜爱的就是这段文字。随处可见的金黄色的银杏树，是我对大学校园最深刻的记忆。那时，我的宿舍窗前恰好也有一棵大树，阳光会透过树叶的空隙在我的桌子上投下斑驳的光影；我的抽屉里也锁着我的日记本，那里面记录着许多琐碎的风花雪月。所以，每次读《此间的少年》，就如同重温我的大学时光，澄蓝的天空下飘落的银杏叶折射出耀眼的金黄，是永远也不会被惊醒的青春梦境。

是的，曾有那么多好书，陪伴我走过那甜蜜而略带苦涩的青春时光。从《长干行》里女子“十五始展眉，愿同尘与灰”的誓愿，张承志的《黑骏马》中哥哥无法寻到妹妹的忧伤，到屠格涅夫的《初恋》里少年单恋时的狂悲狂喜，乔伊斯的《阿拉比》中男孩的忐忑与失落，它们隔着那么遥远的时空距离，却都曾触动过我心中关于青春、关于爱与美的记忆。

前一阵，与好友聊天，谈起各自对婚姻和生活的感悟，突然提到王安忆的新作《天香》。我们从专业的角度对这部长篇小说的叙事、结构等做了一番分析，随后便是沉默。好友忽然说：“其实小说中最令我感到触目惊心的，是那种光阴流逝、物是人非的基调。”是的，撇开那些技巧、背景、辞章不谈，我们对于这部作品最初的喜爱，其实仍然来源于心弦的共鸣。明朝天香园中世代女子绽放和凋零的人生虽然与我们的现代生活毫无交集，但那些无情掠过的光阴，那些女子骄傲或是卑微的心事，仍然令我们感同身受，这与我们之前谈论的话题不谋而合。读一本书，你往往就可能寻访到一位陌生的知己，这便是令我感慨再三的阅读的魔力。

13. 阅读的仪式

文／虔凡

所有那些没能坚持读完的书，都保留着缝隙间的便签和书页上的圈画，像无声抗议似的挺着脊背待在架子上。

它们不适宜放在枕边：临睡前的翻阅，会迅速告知大脑，睡眠已经涌来；也不适宜塞进背包：挤地铁的时候，即使包裹了封面，仍会被周围的目光窥视，收到各类奇怪的讯号；它们同样不适宜在咖啡馆做陪衬：端坐的优雅美景，与艰辛阅读之间会产生不可抗的对决。

这些迟迟没能读完的书，对我而言，每一本都具有独立性格，它们的被阅读需要仪式。

像是波伏瓦的《第二性》。这两册女性主义者的

《圣经》，从大学宿舍的书架搬下来，打包托运，到家后又淹没在另一个书架里。扉页写着的购书日期，能瞬间带我回到燥热的夏天，窝在宿舍对着风扇，漫无目的浏览网页，找资料写报告的那个夏天。

看波伏瓦简直是踩地雷，对这种平静生活有爆破性的搅动。因为她犀利地打通与你的共鸣点，小女孩时扮演的角色、青春期尴尬的处境、刚成年时种种毫无支配力的自我探知……因为细腻敏感的神经，欲望和羞怯同时禁锢着女性。也只有波伏瓦，才能拨开重重雾气，直击要害地和你促膝长谈。她好像举着一根针，能挑出白皙皮肤下若隐若现的刺，也能细密地缝合创口。

但终究没能读下去，因为自己缓慢的成长止步在其他篇章前："结了婚的女人"、"母亲"、"中老年女人"……甚至带着点刻意，强迫自己停下来。就像是怕黑的人，或许情愿只身穿越，然后才去知晓刚才所潜伏的危险吧。波伏瓦的智慧都浓缩在这薄薄的书页墨迹之间，但阅读却会旷日持久，以郑重的体验作为仪式。

将近两年了，我一直没能读完《革命之路》的原版小说，被60年代风格的英文词汇困在了书的五分之一处。电影里没能过多交代的人物关系，在我所阅读到的理查德·耶茨的文字中，已经露出了铺陈的开端，比如弗兰克和自己的父亲。

小说讲述了一个绝望的故事，非常残酷地用平庸的现实去打击女主角爱波。她的理想国远在天边，她的爱人背弃了共同的追求，她肚子里的孩子不合时宜地出现。所有的逼迫叠加在一起，决断地让她冒险去流产，而最终死去。

小说早在1961年就发表成名，作家理查德·耶茨却像是笔下的主人公爱波一样，在现实中一生落魄不堪，不受重视，不被认可。他的小说在时光积淀中，跨越了将近半个世纪，世界早已物是人非，但孤独者的孤独没有变更，耶茨先生当年所设定的故事场景也仍然每分每秒在重演。

这个残忍的故事，像个咒语需要被冲破。追求想要的生活，究竟需要多少勇气，付出多大的代价？而阅读原著，似乎成了唯一可追溯的致敬。

《话语集》，雅克·普雷维尔的诗集，去年买下的时候，发现真的好几年没有读过诗了，各种记忆也瞬间鲜活起来。学生时代对着诗句做摘抄、发白日梦的时光早都消失殆尽了。

现在想来特别后悔：在毕业那种头昏脑涨的时刻，有一种莫名的冲撞感，致使我去摒弃原来那个有点矫情的自己，比如把盗版诗集全卖了这件蠢事。那是好几本诗，海子、于坚、西川，还有顾城……蓝星诗库系列，统一的蓝色封皮，阶梯状排列的名字压在诗人的照片上。

诗歌有用吗？人好像越长大，就越会拿诗来开玩笑。比如最近《非诚勿扰 2》一放完，《见与不见》的各种版本就油头粉面地冒出来。因为不再懵懂无知了，诗歌里的美变得空洞无用，倒不如改成打油诗，赶个时髦博人一笑。这真叫人伤感。

但又有什么资格去质疑呢？自己也同样是一边抛弃了诗歌，一边无耻地在成长。这本《话语集》买回来也只是偶尔翻阅，书里的 95 首诗诞生于二十世纪三、四十年代，是直白又煽动的文字。

凑巧的是前两天去渡口书店，巧逢店庆，所有人都被要求朗诵《话语集》里一首叫作“不能”的诗：“……当我们把它独自留下 / 精神世界 / 就会撒下 / 纪念碑式的弥天大谎。”

诗歌大概也都只是谎言罢了。已经很少有朗诵这件事了，也就很少再有诗歌的意义了。而大声诵读，对于诗歌而言，才是最适宜的阅读仪式。

有太多俏皮的书，你心满意足地读完念完，它们的任务便暂时终结了。但也有太多其他的书，因为读不完，才会像敲警钟一样进行提点，这些书所映射的恰恰就是自己的缺口。找一段心平气和的时间，为这些值得尊敬的书进行一场阅读的仪式吧。

14. 能阅想阅之书

文＼冯佳佳

老公不爱读书，一日，惊喜地在他床头柜发现一本《货币战争》，心想丫知道崛起了，总算摒弃《知音》那样的八卦了，品位提高了好几个层次，看到一大男人从孽恋凶杀的情节中摆脱出来走向了金融经济，我无比欣慰。他饶有兴趣地翻了几页，我极力营造读书的气氛，跟呵护小苗似的，不摧残扼杀也不揠苗助长，终于，老公还是满意地睡去了，被他压得皱巴巴的书赤裸裸折射出了一个爱读书的假象。

我相信这个（阅读的自觉）先天培养很重要。我是看安徒生、格林童话长大的，老公是玩刀枪泥巴长大的；小学我在看《山海经》看冯梦龙，老公还在捕鱼摸虾；中学我看外国名著了，老公忙着捣鼓车子收音机；大学我就去学了中文，老公果然学了电子机械。然后我屡屡鄙视其人文精神文学底蕴之差，他看人往往很单纯，没有了许多百转千回的唏嘘感慨，而我常常被鄙视精神世界太丰富导致神经错乱，当然，我自认为对糟粕与精华的处理还是很精妙的。

身边也有不少爱读书的朋友，也常一起感慨读书纯粹读心境，自然也免不了功利。想象午后时光，泡杯菊花茶，放上蓝调或者爵士，闲适地坐着或者半躺，捧一本清新优雅的书，边怡情边入睡，自由自在，天马行空，偶尔有短信进来，懒洋洋地回一个；沉寂午夜，烹甜点咖啡，耳朵里弥漫着忧伤曲子，读一篇深刻的文章，写一首孤独的小诗，仔细体会一个人的空间……有时也会有偷懒的时刻，某日，兴致盎然地逛书店，兴致盎然地抱回一本书，受某些未知因素的影响，阅读被延期，延期，新购回的书往往被随意搁置，待你哪一天突然重新有了阅读此书的兴趣，它早已在尘埃之中等待了千年。

而我自从学校毕业以后，很少花时间看书学习，更多的时间花在网络上，看一些草根平民的小说，欣赏未经过艺术加工的原生态，争论小众趣味的文学意境，嬉笑怒骂，现在想来均如过眼云烟，多少故事悄然散落在风中，没有沉淀也没有回忆，哪比得上一本《百年孤独》带来的心灵震荡？雅俗共赏或许只是我一厢情愿的追求罢了，与其花时间去区分主流与非主流，不如静心睡一觉。

很小的时候丝毫不解人情世故也知道抱着《红楼梦》认真地看，懵懂之余，努力标榜自已学识渊博勤奋好学，甚至带了不少炫耀的色彩。随着渐渐成长，读书从功利渐渐走向了兴趣，自然不再刻意去抱着高深莫测的书籍逢人便拿出来翻阅。我仍记得当初阅读《萨特传》，自我感觉十分枯燥，但是为了和某位研究存在主义的家伙有共同语言，每天强迫自己接受一点，接受一点，再接受一点。事实上，当读书成为一种负担，也失去了其原本的意义。想起大学导师的一句话："当我们不懂爱的时候，我们拼命地选择，当我们懂爱的时候，我们已经失去了选择的权利。"所以我相信，读书如同爱情，唯有兴趣才能让你选择，让你为之疯狂。但求有生之年，能阅想阅之书。

15. 文学的巧克力梦工厂

文 / 江北

左岸之梦

当美国作家威廉·巴勒斯在创作他的长篇小说《裸体的午餐》时，就住在巴黎。他每天从住所醒来，就直直穿过巴黎比什利街，路过银行，径直走进一家名叫“莎士比亚及伙伴”的书店大门，接着从书架之间拖出可供休息的床铺，抱上书本就横着躺下了。在那里，有无数像砖头一样的英文书籍，巴勒斯就整日埋在它们之中，创作了他的长篇小说。

今天巴勒斯已经不在人世，但莎士比亚书店依在。它坐落在龟壳般鹅卵石街道上，俯视巴黎圣母院。如果说每个孩子心中所向往的巧克力梦工厂有一天改行开书店，那么它看起来就是莎士比亚书店的模样。当然，它不仅仅是作家心中的糖果屋，更像是二十世纪文学的产房。

黄门头，绿橱窗，仅仅几十平方大小的莎士比亚书店，没有足够的空间做仓库，堆积成山的书籍密密麻麻地挤满了室内，当你置身其中就好像坐在一间由书本砌成的堡垒之中，为你抵御外面繁华世界的灯火摇摇。书店最特色的莫过于在狭窄书架间的床铺，任何一名不值，心怀志向的写作者都可以在这里得到免费的住所，只要你能帮忙打杂，并且保证每天都读一本小说，或者写自己的小说。留下你的照片和手稿，还可以得到免费的伙食。如果日后你出名了，那么莎士比亚书店就又多了一项见证。

莎士比亚书店最早的创始人叫雪薇儿·毕奇，她是一名出生于美国新泽西州的女士。古典时期的法国作家为巴黎积累了丰厚的文学气息。二十世纪，几乎每一个对文学心怀志向的青年，多多少少都幻想能在巴黎混上一段时间，毕奇女士正是其中一员。当她到达巴黎后，发现有大量和她一样的来自英语国家的青年混迹在巴黎城中，可是当时的巴黎却没有一个出售英文书籍的书店。

这促使毕奇女士萌发开一间英文书店的想法，后来在朋友们的鼓励和帮助之下，她于 1920 年，在巴黎左岸剧院街开设了一家英文书店，命名为“莎士比亚及伙伴”(Shakespeare & Company)。

莎士比亚书店能在日后成为文学的产房，不仅依赖于毕奇女士独特的文学品位，更重要的是她特立独行的经营理念：沙龙模式。顾客可以买书、借书，还可以旧书交换，书店也定期举办文学沙龙，推荐文学新人。那些初到法国，身无分文的作家更常常受到雪薇儿·毕奇女士的无偿援助。

这家品位不俗的书店开张后，很快受到法国读者的注意。多年之后，毕奇女士依旧能回忆起，诺贝尔文学奖得主纪德漫不经心地走进书店，翻看了一圈后，驻足在吧台前填写会员卡的画面。

《尤利西斯》身后的女英雄

毕奇女士回忆最多的，还是那位穿着保守，带着与巴黎有点格格不入的气质，操着口音的爱尔兰人。当初那位来自爱尔兰的穷作家默默无闻，生活相当清苦，他隔三岔五就来莎士比亚书店借书，没有多少人注意到他。然而，经过几次简短的交谈，毕奇女士发现了他的天才，并记住了他的名字——詹姆斯·乔伊斯。

乔伊斯在和爱尔兰文学复兴运动的那群人闹翻了以后，决定“自我流放”，他带着两个孩子及妻子来到了巴黎。当初，他的生活相当清苦，根据朋友们回忆，乔伊斯总是到处找人借钱，借桌椅，借被子，借生活用品。

那时，乔伊斯还没有完成巨作《尤利西斯》，他的生活完全靠教授英文，及一些在美国报纸上连载的小说稿酬为生。1920 年的时候，美国法院忽然宣判乔伊斯的作品因色情内容而禁止发表，正在联系洽谈的出版社也果断表示不会出版《尤利西斯》。就在乔伊斯面对生活和事业上双重的困境时，毕奇女士伸出了援手，她靠自己微薄的经济实力，以书店的名义与乔伊斯签订了《尤利西斯》的出版合同。并且提前预支了一笔钱，来解决乔伊斯生活上的拮据。

今天看来，你可能会惊叹毕奇女士的卓越眼力。然而你要是了解乔伊斯其人，那你就更会敬佩毕奇女士的为人。

乔伊斯的性格古怪，朋友曾回忆他有一种特异功能：他的乞讨充满着一种傲慢的尊严，让借钱给他的人觉得反而是自己得到了施舍。在他要求别人替他做什么时，仿佛他不是一个人，而是一个神圣的使命。他好像是在说，能够献身给他，那可是一种特权，谁帮他还了债，以后是能在天堂里得到报酬的。

也许，因为他相信自己天才神赋，他的创作是最重要的头等大事，这一自信让他打心眼里认为，别人对他的日常生活做了贡献，也就是对世界文学做了贡献。对于天才，我们无可厚非。

但他的个性确实让人难以忍受，很多乔伊斯的朋友日后回忆起他，多多少少都有些恶言相向。唯独毕奇女士包容了这位天才，无私地帮助他处理杂务，乔伊斯在法国的时间里，所有生活公务上的收信地址都是莎士比亚书店。几乎所有让他觉得麻烦的凡物俗事都是毕奇女士在帮他打理。莎士比亚书店对于乔伊斯，就像是他私人的办公室。

乔伊斯的父亲是个有些小聪明但不成器的酒鬼，因为姓氏“乔伊斯”在当地曾经是个显赫的豪族，每逢他们穷得被迫无奈要搬家的时候，老乔伊斯总是将家族的家徽堂吉诃德般可笑地放在最显眼的地方，这种习惯一直衍生到乔伊斯身上，似乎他终身都为那个无从考证的显赫家族沾沾自喜。当时乔伊斯和莎士比亚书店签订出版合同后，《尤利西斯》仅仅完成十章，但他已经从莎士比亚书店那里预支了一大笔钱。他花钱如流水，无论是去哪里，总是让家人坐头等舱，住顶级宾馆，吃最高端的饭店。而这所有的花费也都是莎士比亚书店来承担。

连海明威都为毕奇鸣不平：“乔伊斯整天哭穷，可一到晚上，你总能在农宫饭店看到他们一家四口。那个地方我们真正的穷人是去不起的。”乔伊斯“烂醉水手”式的生活，一度让莎士比亚书店陷入经济困境。而这一切都赖毕奇女士左右周旋，才得以支撑到《尤利西斯》的出版。

英文写成的《尤利西斯》刚刚出世，多个英语国家就立即表示把其列为禁书。首印的一千册《尤利西斯》难以销售，毕奇女士只好依靠着莎士比亚书店的人脉，到处发动朋友们来购买，这个买几本，那个买几本，终于把一千册销售出去。

其中还有段有趣的故事，毕奇女士曾委托海明威帮助“偷渡”禁书，他们先把《尤利西斯》带入加拿大境内，再由海明威和朋友藏在裤管之中，一点一点地携带进入美国。别人都是走私酒精毒品，而海明威却是走私禁书。毕奇在回忆录中称赞这是“智慧女神化身的海明威帮助英雄尤利西斯攻入美国”。

《尤利西斯》出版之后，莎士比亚书店的经济状况稍稍得到了好转。虽然，乔伊斯从来不过问账目，却不断地从书店里预支费用。别人以为毕奇女士是大赚了一笔，然而她也只能苦笑一下——乔伊斯的口袋是个吸金石，他所创造的价值，最终还是回到了他自己的口袋。

那些了解真相的人总为莎士比亚书店的无私奉献而鸣不公，毕奇女士的丈夫就曾私下写信给乔伊斯抱怨他的支出太过奢侈。自尊心极强的乔伊斯在收到信件后，到三十年代美国解禁《尤利西斯》，便一直绕过莎士比亚书店独自和美国出版商洽谈。

即便如此，毕奇女士还为乔伊斯说话：“他获得的报酬，完全不配乔伊斯所付出的努力……无论别人是如何认为的，但和乔伊斯一起工作，我有我自己的乐趣，这并不是金钱可以去衡量的……”

毕奇女士及莎士比亚书店，自始至终近乎无私地帮助乔伊斯，极大地包容了这位古怪的天才。她全心全力地协助乔伊斯，又让这部文学史上的巨作突破重重限制进入市场。不得不说，发现并成就了他的，正是毕奇女士及莎士比亚书店。

最佳顾客

莎士比亚书店后来能名垂青史，也不单单是因乔伊斯——毕奇推却了 D. H. 劳伦斯的《查泰来夫人的情人》，把亨利·米勒的《北回归线》转介给其他同行。还有另外一位文豪也曾驻足在那儿，他正是被毕奇女士称为“最佳顾客”的海明威。

1921 年夏天，一位身材高大，皮肤黝黑，留着一小撮八字胡的小伙子来到了莎士比亚书店。他掏出一封美国作家安德森的介绍信，然后用低沉的嗓音向毕奇女士介绍自己是欧内斯特·海明威。

毕奇女士邀请他坐下之后，观察到他的腿脚有些跛，便好奇地询问他的腿怎么了。海明威带着歉意地回答，自己的膝盖在战争中受伤，那口吻好像是个小男孩，向别人坦诚自己在打架时受了伤。毕奇女士小心地询问可否看看他的伤口。海明威毫不害羞地卷起裤子，脱下袜子，指着腿上被榴弹炸伤的疤痕，爽朗地聊起自己接触死亡的经历。

当时海明威刚刚尝试小说创作，他第一天来到莎士比亚书店，就借走了《罪与罚》、《战争与和平》、《父与子》，这是他第一次接触俄罗斯文学。海明威在法国的日子里，几乎每天都坐在莎士比亚书店靠窗的椅子上，他从不麻烦任何人，总是坐在那里看杂志或者写小说，他对店里的所有人都很好，让所有人感到温暖。有时，海明威还邀请毕奇女士，去观看他喜欢的地下拳击比赛。

海明威在法国待了五年，那是他文学成长时期最重要的时光，这段田园牧歌与莎士比亚书店密不可分。他在晚年的作品《流动的盛宴》中饱含温情地回忆了这段时间——“去了巴黎可以不逛铁塔，但不能不去一趟莎士比亚书店。”海明威称毕奇女士为“没有人比她对我更好”。在那里，海明威就像个住在巧克力梦工厂中的孩子。虽然他身无分文，默默无名，但只要能有时间写作和阅读，享受莎士比亚书店里温暖的炉火和便宜的牡蛎，这就是他精神上最快乐的享受。

在那段美好的时光里，大量的旅居作家们把莎士比亚书店当成法国的家，他们在那里躺下看书，聚会聊天，探讨思考，使得很多法国人也忍不住去凑个热闹。

比如诗人保罗·法格，虽然完全不懂英语，也经常跑来转悠，就是为了瞧瞧那些混在店里的“好家伙”们。有次某个睡在二楼的“好家伙”熬夜写作没有起来开店门，当他还在睡眼惺忪时，忽然抬头发现保罗·法格正探着脑袋，从天窗上看着他——原来法格搞了一个梯子爬了上去。还有达达主义诗人阿拉贡，他之前说自己只倾慕千年前的埃及艳后，而认识了毕奇的妹妹后，则宣布把这种爱慕之情转移到后者身上……当然，这个名单非常长：纪德、莫杭、庞德、曼雷、艾略特、梵乐希、拉尔博、海明威、阿拉贡、乔伊斯、安塞尔、葛楚斯坦、费兹杰罗、艾森斯坦……

他们常常来这里读书，看书，抽烟，聊天，甚至就是无聊跑来转转，看看能遇上谁。许多寄居在法国的文人们，干脆把“剧院街，莎士比亚书店”作为自己唯一的收信地址，这也让莎士比亚书店多了一项奇怪的业务：帮人收发信件。

解放剧院街

那段风花雪月的时光一直持续到第二次世界大战爆发。

当法国沦陷后，英语国家的人纷纷撤离法国，而法国的文艺青年们则加入了地下抵抗组织。莎士比亚书店虽然没有以前热闹，但还一直持续营业。直到有一天，某个纳粹军官也慕名而来，这群纳粹分子一边搜捕着犹太人，同样又有着贝多芬式的高雅。

那名来到店内的纳粹军官，向毕奇女士索要一本乔伊斯的《芬尼根守灵夜》。然而，毕奇女士却没有给热爱文学的侵略者好脸色。纳粹军官因受到了毕奇的漠视，恼羞成怒地挥舞着拳头，扬言明天就要带士兵来把书店给查封。当天，毕奇女士找到几个法国朋友，连夜把书店中的书籍全部都转移走了。第二天清晨则坐在空荡荡的店中等待拘捕。

因为这次事件，毕奇女士获刑进了监狱，一直到战争结束前夕，莎士比亚书店才得以重新开张。1944 年 6 月 25 日，毕奇女士和千万市民们在城外隆隆的炮火声中迎来了盟军的解放。当天，所有人都手捧鲜花和香槟，站在街边欢迎入城的盟军士兵们。就在队伍经过剧院街莎士比亚书店门前时，一个头顶钢盔，叼着雪茄的美国大兵，站在吉普车上冲着人群大喊了一声："雪薇儿！"那雄厚的声音传遍了整个街道。

毕奇女士在阁楼上往外一瞧，这高高大大的汉子正是当年那个安静坐在书店里看书的小伙子——海明威。毕奇女士激动地冲下楼去，和他热情相拥，海明威吻着她的脸颊，把她抱起来转了好多圈，周围的人们发出一阵阵欢呼声——史称这天为"海明威解放剧院街日"。

巴黎光复后，莎士比亚书店的故事也告一段落。饱受牢狱之苦，经历了战争创痛的毕奇女士已无心再继续经营书店。

当莎士比亚遇见垮掉一代

直到数年之后，一位名叫乔治·惠特曼的美国文学青年来到巴黎，就像当初的毕奇女士一样。在巴黎，某一天，他遇到了另外一位心怀共同志向的美国人劳伦斯·费林盖蒂，他们都梦想开自己的书店，激烈地讨论起提供自由思考的书店的重要性。这是一次历史性的会面。

几年之后，乔治·惠特曼在巴黎比什利街开了一家名叫“Le Mistral”的书店；而劳伦斯·费林盖蒂则回到美国旧金山，开了一家名叫“城市之光”的书店。又过了几年，乔治·惠特曼遇到了住在巴黎的雪薇儿·毕奇女士，这位立志要做“文学庇护者”的青年人，遇到了另一位先行者，两人一见如故，相聊甚欢。

于是，在毕奇女士的授权之下，乔治·惠特曼把书店改名为“莎士比亚及伙伴”，并且继承了老莎士比亚书店的装修风格和经营模式。毕奇女士则把当年乔伊斯和海明威等人的手稿和照片送给了乔治·惠特曼，至今挂在莎士比亚书店的墙上。

据说乔治·惠特曼是美国诗人惠特曼的私生子，他把诗人惠特曼《草叶集》中的那句名言印在今天莎士比亚书店的门上——“过路的陌生人，你不知道我是如何热切地望着你。”

那位和乔治·惠特曼一起畅想开个书店的劳伦斯，后来开设的城市之光书店也在大西洋彼岸大放光彩。城市之光书店和“垮掉的一代”的关系就像婴儿和胎盘。

正是因为这层关系，无数美国来的“过路的陌生人”来到巴黎的莎士比亚书店朝圣。

这些“过路的陌生人”中包含作家威廉·巴勒斯、艾伦·金斯堡、格雷戈里·柯尔索、亨利·米勒……他们都像当初的海明威一样躺在莎士比亚书店的床铺上，点上一杯热巧克力或咖啡，享受着巴黎午后的阳光。

在乔治·惠特曼的经营时期，莎士比亚书店扩展了更多出版业务。1953 年莎士比亚书店创刊的《巴黎评论》至今都是巴黎文学青年的必备读物，虽然乔治戏称这是一本“穷人的评论杂志”，可它的作者都是响当当的名人：萨特、劳伦斯、金斯堡、杜拉斯，等等。

三代庇护者

“文学的庇护者”乔治·惠特曼已经在数年前长眠于世，可是这位怪咖的趣闻轶事依旧在来往的陌生人口中传诵着。如果你上网搜索一下，就会找到这位老顽童做的一个展示自己理发的视频：点上一根蜡烛，再把脑壳靠过去，过一会儿，不慌不忙地拍掉头上的火苗。

如今莎士比亚书店的经营者已经到了第三代，掌门人是“80后”乔治·惠特曼的独生女儿雪薇儿·毕奇·惠特曼，这位金发美女老板的名字正是为了纪念第一代经营者雪薇儿·毕奇女士。书店的门口公告栏里，每周的新书发布、朗诵、研读会的日程表总是排得满满的。电影《爱在日落前》的第一个镜头，导演就是把分离九年的男女主角安排在了莎士比亚书店里举行的新书发布会上。书店依然保持着半个世纪前的样子，厚厚的灰尘甚至让你怀疑偷懒的寄居者根本不去擦拭书架，来访者随时可以躺在海明威睡过的床上，懒洋洋地读上一本书。

无数人在莎士比亚书店里停留，那里有太多的故事，说不尽，道不完，就像打开了一盒巧克力，你不知道现在某个缩在书店角落里愣头儿青的小伙子，也许就是将来的大文豪。如果你有一天前往巴黎，也请到巴黎左岸那文学的巧克力梦工厂走走——“过路的陌生人，你不知道我是如何热切地望着你。”

16. 风在往书店的方向吹

文 \ 马阳杨

2010 年前后，中国东南的一隅古城绍兴，相继诞生了两家独立书店——前身为“三叶书屋”、经营近廿载后易址融资重建的“南方书店”以及体格玲珑但不乏锐气的“新青年书店”。前者占地两层，兼售咖啡软饮，书架跃然而立，隐约地有几分孑然的傲气，格局曲径幽深，从容不迫，舒缓悠扬的西洋古乐、昏黄的灯光、嗞嗞燃烧的自制火炉，恍惚将你送入徐志摩、施蛰存的霞飞路；后者不过是六七坪的空间，却也装点得窗明几净、温馨剔透，驻足其中，阳光下暖意融生，捧在手上的书仿佛也成了有温度的生命，书店的左侧是家创意物品售卖店，其构制的标语阴差阳错间竟成了“新青年”精神的最佳写照——“慢下来”。

在追溯这座小城的书店兴衰史以及勾勒城市精神地图之前，我们不妨先进行一番枯燥的数字推演。据“第九次全国国民阅读调查”报告显示，2011 年中国 18—70 周岁国民人均纸质图书阅读量为 4.35 本，同时期的“第六次全国人口普查”报告统计绍兴市区（不含距离较远的镇）的人口数大约是 45 万，其中 18 周岁以上人口约占 85%，而这部分人也是独立书店可以期待的潜在客户（他们有较宽裕的资金购买非教辅类书籍，同时拥有相对充沛的业余时间）。经过简单的演算，绍兴市区一年的理想图书消费量为 196 万本，而相关研究数据显示，50% 的城市居民会通过公共图书馆这一渠道借阅图书，换言之，市区年度图书购买量的上限是 98 万本。2012 年 4 月，当当网高级副总裁姚丹骞透露，目前我国网购占一般图书零售市场的比重已超过 30%。通过这一系列简略、粗率的推算，可知绍兴市区每年的图书销售册数大约是 68 万本，以每本图书作价 25 元为例，总体码洋为 1700 万元。这是个颇为可观的数字，但现实很快碾碎了我们粗枝大叶的模型。8000 元，这是新青年书店最新的月度营业额，按照书店 20% 的毛利计算，再刨去 1000 元的房租，两位合伙人每月都必须补贴一定额度的现金用以支付人工水电。书店的合伙人之一，同时也是本地最大的门户网站的运营者 Funny 曾戏言他开书店不过是为了在以后儿子的家长会上挂一个“书店老板”的头衔，自我解嘲的背后，是利益的让渡，这算不上多大的牺牲，却是足以令一座城市生辉的坚守。而另一位投资人——“南方书店”的大掌柜，版画家黄安华——的气魄，则更令人瞠目，他以每年 15 万元的价格，租下了一间双层店铺，此处本是酒吧，饶是如此，其人气与利润尚不能有盈余，作为书店，其前景的险恶可想而知。零敲碎打，精心设置，一座城市的文化地标应声而起。沉稳的色调，牢牢抓住大地的厚重感，素朴板木钉制成型的瘦宽书架，细心打制的沿窗高台，左一叠《随笔》，右一堆《读书》，让人觉着身处最原生态的“书林”，在书的环绕注视下，沉潜，默读。黄掌柜撒下一把无利可图的赌注，以一种近乎行为艺术的桀骜，挑衅着这个时代的傲慢。真正的诗意便是在刑场上朗诵赞歌。

书店地图的变迁书写和承载着城市的人文传统与精神谱系，就像“左岸”、“莎士比亚”之于巴黎，“哈查兹”之于伦敦，“思存”之于纽约，“城市之光”之于旧金山，“诚品”之于台北。余生也晚，无缘亲临那些曾出没于绍兴的街角巷尾，兀自浅吟低唱的书舍。受益于网络，我得以从那些流传甚广的篇什窥见20世纪90年代至今绍兴书业的起落荣辱。阿啃1919的《我最热爱的书店》、《但得爱书人似我》，公民1776的《一日看尽长安花——绍兴诸书店面面观》，夏传的《古城犹有书香在》，或漫谈，或追忆，或信笔随记，或速写，或素描，古城与书店曾有过的故事和瞬间被一一定格。

令人唏嘘的是，上述诸文提到的书店多半已不复存焉，毗邻绍兴最繁华的商业街、曾经盛极一时的东街书市早已是一幅兵荒马乱、门庭冷落的景象，两位最知名的书商接连挂印而去，理由苦涩而荒诞：贩书所得不如转租摊位之利。“新空气”、“新世界”这两家学术性书店，则如朝生暮死的蜉蝣，湮没于城市匆匆的脚步中，成为绍兴读书人的饭局上几声悠长的喟叹。阿啃1919真名蔡朝阳，是绍兴市稽山中学的语文教师，也是杏坛新锐，文章绵密凌厉，这几年出手迅捷，点了不少中国教育的死穴，同时他还是新青年书店的另一位合伙人，他自述“很长几个月，几个有投资意向的朋友见面总是在谈开书店，谈了好几个月，不断变化方案，从人文书店谈到儿童书店，以致经常被迫陪聊陪酒当听众的周云蓬、绿妖以为，这些人的兴趣就是谈论开书店事宜，而非开书店”。乐观者的清谈，以戏谑的态度和书生的偏执与某种冷硬的现实迂回对峙，这是一场小型的城市阻击战，几无胜算，却能升腾起一股精神性的内核，哪有什么胜利可言，挺住就是一切！

新青年书店与南方书店隔街相望，近旁就是秋瑾的故宅，步行一刻钟，少年鲁迅抓药的恒记当铺静默地注视着古桥流水，远处百草园中的何首乌、桑葚、覆盆子怕已不在了。贴着河沿，阿Q借宿的土谷祠苍黄清冷，偶有香客进出，游人步履如织，凹凸起伏的青石板磨得溜滑见光。通往一座城市的心脏就是寻访它的书店，作为时间的记忆之匣，它贮藏着化为空气与情绪的历史，黝黯，朦胧，昏晕，阳光分成几束，悬浮的尘粒宛如群舞的精灵，同一的情境、不变的摆设披着神秘主义的光晕，细细地撕开一道缝隙，使你如临往事的现场。岁月如歌，我们都是历史的见证者，听着风轻轻地吹往书店的方向。

17. 那人那书店

文 / 冯佳佳

老廖曾写有藏头诗一首：江湖一叶扁舟去，海阔天空任逍遥。书剑双绝闲无用，社稷一时少雄枭。与郑板桥·兰·阳拓、怀素·藏真律公帖等拓片一起，贴于江海书社墙上，是为书店题名张目。如今我大学毕业已逾五载，这家60平米不到的江海书社却陪伴了我足足四年。现在回忆起来，仍能想起黑框眼镜之下老廖那张诙谐而猥琐的脸，胡子拉碴，眼神明亮。

书社位于师大操场西面通往科文学院狭长的坡道下面，所以店内书架也呈条状分布，格局像个哑铃，大厅书架上是诸如《陕北榆林小曲》、《野坂参三选集》、《江西革命斗争故事连环画选》、《商君书校注》等一些市面并不多见的书籍，一直从“哑铃”的中间延伸至里间，里间的书架上贴着“也卖、也租”的字样，门楣上贴有小图，或为连环画，或为趣味剪报。写诗犯老廖矮小的身躯穿梭于狭长的空间，有种不染尘世的天真与幽默。有时候，你在书社买下了一本书，老廖如觉着神清气爽，还会心血来潮即兴发挥，随书送你一幅字画。里间中央是个散列的书摊，有画报有杂志也有子史章集，常常是一群文艺青年的集聚地，他们时而激昂，高谈论阔，时而忧郁，浅吟轻诵，让我这个文科生心生畏惧，唯有偷偷侧目，也常见学生狂狼而起，口无遮拦，调侃老廖长相丑陋，老廖就持着长长的竹竿在局促的空间挥舞着赶人，动作夸张，十分搞笑。

廖老板其实是个才子，自诩为中国先锋诗歌第一人，屁诗歌运动发起人，作品曾入选《低诗歌代表诗人诗选》、《低诗歌年鉴》、《世界诗人》（混语版）、《世界当代诗人大辞典》（混语版）等，书法曾获“中国当代书画名家精典”金奖。这也就解释了江海书社本质上即文艺学术的真情流露，梅兰竹菊书海幽香，书法文苑剪报兼具，以其独特的质朴、悠然、耐人寻味的方式，与一伙儿志同道合渴望在路上的灵魂进行对话，嬉笑怒骂癫狂潦倒都在其中了。如果没有老廖，也就没有江海书社，徐州的先锋书店也从此少了一个重要标识。

我那时候还是一个读着中文系的傻学生，没事整点儿小破文章，跟同学搞文学社、先锋报，发表点“大雪落在你的睫毛”之类的酸诗、一些玩弄学术的文章以及某些意识流，聊以自娱。但是老廖的江海书社却总让我有种久违的感动，就类似于现在流行的“永远年轻、永远热泪盈眶”的感觉吧，让你情不自禁想去虔诚一把，去默默地感受暗流涌动，义无反顾，乐意盈盈。

老朱是我在江海书社认识的一个朋友。他那时候处于人生的低谷期，从物理系转到中文系，每日醉心于写诗和摇滚，在校园张贴大字报，抨击当代教育体制，呼吁性的解放和自由，将生殖器图画在学院宣传黑板上。每个诗人都有种纯粹的渴望，每个学生又都有种叛逆的情绪，当学生和诗人的身份结合在一起，让老朱在这所传统沉闷的大学校园里郁郁不得志，他我行我素，追求真理和创新，让院系领导十分难堪。在听闻老朱的种种不羁事迹后，我竟发现他常在江海书社出没，吉他置于书社角落，低着头认真临摹苏东坡的字，后来知道他和老廖是朋友，这样的人走到一起似乎是必然。而我作为一个走路都贴着墙走的乖乖女，本以为与这些人毫无瓜葛，江海书社也只能说恰好激起了我骨子里的某种情结。可自此，内心多少有些好奇和一厢情愿的怜悯，请原谅我当时的不解。于是我问老廖要到了老朱的号码。但是从未联系过，他并不认识我。

有一天，他打印了他的诗集《第六日》和《疯狂堕向深渊》，在师大游泳馆对面空地上，一边弹着吉他，一边卖他的诗集。长长的头发覆盖住脸庞，在风中只顾低头弹唱。我经过的时候，瞥见诗集封面是个被他粗制滥造黑白打印的歌手 Tori Amos，迷蒙的眼睛半睁半醒看着世人。内心又开始焦灼，于是我第一次发短信问他：卖出去几本了？过了许久，他回我，一本都没有。我觉得现实有些残忍，可能是“怜悯”驱使，转过身去买了一本，丢下 5 块钱，匆匆离开，听到身后飘来一句：谢谢。自己竟像做贼一般。然后我发短信说，这下卖出去一本了。他回：你长得挺好看的。于是便认识了。

再次看见老朱，老朱和他的顶针乐队在五食堂门口演出，至今记得舞台上灯影交错，台下人头涌动，不辨真伪，不辨距离，主唱老朱双膝跪在舞台上，嘶哑着嗓子大声吼：就在我死的那张床上！就在我死的那张床上！……我只感觉梦幻而寒冷，我想是我太过单薄，那种沸腾和迷离的心让我觉得不真实，让我心痛。后来，他去了北京，在各酒吧驻唱。那天我在北师大旁边的一家小饭馆和他吃了一顿饭，他依然很寡言，只是激情不减，他手臂上长长的伤疤依然让我觉得心痛。聊起以前，都不愿意讲起江海书社的种种不平遭遇，人为地跳过了，只是讲现在讲以后，他那天的口头禅是“这样已经很好”，背后也许妥协了很久吧。后来两个傻瓜吃着冰糖葫芦在天桥胡乱晃荡，在十里屯迷了路，我只觉得北京好大，老朱好瘦小。在我离开北京的那天早上，他赶到我住的地方，送我一本诗集《*Rock & Poem*》，最后一页空白处写着：不同的选择，不同的命运，所以才多姿多彩。美好的不曾消逝，也会为你而到来。心下知道他并不绝望，也原谅我的以后，这样已经很好。

再后来，我结婚生娃。很多年后突然想起他，于是问他：还写诗吗？他说，哈哈，有时写。还唱歌吗？哈哈，有时唱。有时写，有时唱，能有这样的生活状态，算是富足吗？我也不知道。

至于老廖和他的江海书社，现在已经不复存在。原因我不多说了，总有些时候，现实的残暴大过人的想象。只要记得它曾经在我心里辉煌过，这样也已经很好。

Ⅱ 阅读访谈

“比如说你是一个农村的孩子，当你接触知识，你要学会怎样去接触这个社会，那你的阅读欲望就非常非常地强烈。但你一旦进入到都市，生活改善了以后，有很多那种竞争的话，在这种情况下，读书对你就不再那么重要了，这个就是现实，这个也是没有办法改变的。”

——叶兆言

1. 叶兆言：自由选择永远是第一位的

采访／陈云昭

叶兆言，南京人，著名作家。1980年开始发表作品。其作《追月楼》获1987—1988年全国优秀中篇小说奖、首届江苏文学艺术奖，现为江苏省作协专业作家，中国作家协会会员。

“书中有很多乐趣，跟念经一样，但是，只能自己修行。”

陈云昭：媒体、图书馆界、政府，这两年来倡导阅读的动作好像很多，这是不是意味着现在的我们都不爱读书了？

叶兆言：这个话题可以从几方面讲：对于老百姓来说，生活过得很安逸了，很富足了，如果他不想读书，这个也无所谓了，没必要去改善他所谓的文化品位了。现在可以欣赏的东西很多，比如老人唱唱京戏啊，散散步啊，年轻人可以看电影、旅游什么的，我觉得在某种意义它们也是一样的，这个倒也说不上谁好谁坏。你看中国的历朝历代，大致都是这个样子。但某些特殊的历史时段倒是有狂热的读书潮，比如戊戌变法的时候、上个世纪80年代的中国大陆。对于社会来说，需要重大改变，很多人觉得没出路啊，所以就急着去寻找答案。

陈云昭：他们做这些阅读推广的事情意义不大？

叶兆言：比如说你是一个农村的孩子，当你接触知识，你要学会怎样去接触这个社会，那你的阅读欲望就非常非常地强烈。但你一旦进入到都市，生活改善了以后，有很多那种竞争的话，在这种情况下，读书对你就不再那么重要了，这个就是现实，这个也是没有办法改变的。还会出现一种很荒谬的现象就是，和旅游差不多。为什么说和旅游差不多？因为年轻的时候你特别想旅游，你没钱，你没办法出去玩，然后等到你老了，你赚了很多钱，可以玩了，但没有精力了。

阅读有时候也是这样的，能读书的时候没时间，没心情，有时间的时候，很多人觉得眼睛花了，读不动了。做和尚的人，你不能鼓励别人都出家。你发现了读书很有意思的、很美，书中有很多乐趣，跟念经一样，但是，只能自己修行啊！

陈云昭：觉得这个没必要跟人分享？

叶兆言：他也希望别人分享，但你不能轻易鼓励人家出家啊。一个和尚，你不能说鼓励出家，但是作为和尚，你可以搞一些读书活动啊，讲讲书的好处，但是，你没有必要去让别人读书。

陈云昭：但如果我们把读书的功利性去掉呢，纯粹的就是乐趣呢，我喜欢读书，只是一种愉悦呢？

叶兆言：我觉得这样很好呀，这才是阅读本来的面目，最大的利益。

陈云昭：但现在大家读书更多还是因为“一时之需”，娱乐或兴趣大多集中在上网、电影、电视、旅游，还有麻将。

叶兆言：对，现在人是太忙了。你看我女儿在阅读期，喜欢在网上阅读，这个只是一种阅读方式。

陈云昭：阅读方式有可能会改变阅读思维。

叶兆言：对，改变了，完全改变的。现在很多人网上阅读，连我都是在网上阅读的，都很正常的。网上阅读有很多好处的，首先，可以读尽书是吧，就是相当于能读到买不到的书。

“一个不想当作家的人，不会产生这种震撼，只有作为写作的、作为同行你才会震惊。”

陈云昭：你现在每天都有固定的阅读时间吗？就是相对固定一点的。

叶兆言：也不太固定，有一段时间比较固定。

陈云昭：大概在什么时间，年轻的时候？

叶兆言：我大概有几十年的阅读量比较大吧，我觉得读书是不应该停止的，我大概有十年不读书，最大的阅读量应该是上大学前后吧。

陈云昭：上大学前后？那个时候是不是阅读刚刚解禁的时候？

叶兆言：我情况比较特殊，我读书有几个重要原因，第一个原因非常简单，我很孤独，我的性格比较内向，然后我家里书也比较多，所以阅读量比较大，我有大量的时间放在阅读上面。阅读的原因很简单，没有任何功利可言，就是因为你没有事情干。就像现在小孩成天打游戏机一样。他的那种投入，你不能说他打打游戏机是有目的的，但是这种打游戏机对他是肯定有帮助的，因为小孩打游戏机的那种手脚运用啊，脑袋里面的那种反应、配合啊，都是练出来的。

我想阅读也是这样练出来的，我想我的阅读和“文革”、和大学都没有关系，因为“文革”的时候我们家也有很多书，他们把所有的书都堆在一个房间里，我就住在那个房间里。

陈云昭：没有把它们给收走？

叶兆言：收走了也很快就还给你了啊，因为他们也没地方放，还给你以后，我们家人是不让我读书的，因为这个读书不太好。但是因为我就住在那个房间里，你没办法管我，所以这个时候我就看了大量的书。这个时候，再说一个笑话，那个时候也懂点性了，人也青春发育了，看一点这个爱情故事啊，反正就是说，家人有各种原因不让你看，除非就是看些世界名著，武侠的都不能看。我觉得我的这个阅读阶段，是无意识的阅读。然后就考大学了，考大学以后我觉得就发生一些变化了，考大学以后就进入一些专业化了，有点方向了。

陈云昭：老师也规定你读很多书。

叶兆言：但是我比较好，一边我书读的比较多，一边就是我经常比较反叛阅读，就是我觉得不好的书我就不读，所以，比较反叛，在学校里我不是一个好学生。再想一下呢，即使我是一个很坏的学生，肯定任务完成。毕竟我是一个文科的学生，对这些基本的文化，唐诗啊，宋词啊，这些中文的基本的东西，我想我应该还是说得过去的，因为你是无意也好，怎么也好，包括古文，我想在同龄人中间我还是说得过去的，肯定是说得过去的。原因很简单，我一直在读，一直在接触。那么，我上大学的时候，包括我读研究生，很长很长的一段时间，我就是那种，把书一扔掉，再把灯一拉掉，我就睡着了。长年，我就学到了这样的一种阅读习惯，读到了这样就是没办法再熬了，灯一拉我就睡着了。

陈云昭：读到了可以催眠的程度了。

叶兆言：对，就是很多很多年，最起码在结婚以前，包括结婚以后的一段日子，一直都是这样的，就是读书读到一拉灯就能睡着的程度。就是到了以后，完全专心写作了之后，我才慢慢改掉这个习惯。

陈云昭：到了专业写作的时候呢？读书习惯变了？

叶兆言：那个就不一样了，反而更加地细了。

陈云昭：这个时候出于什么样的目的去阅读呢？余华经常谈到他读川端康成和卡夫卡的时候，所得到的巨大启迪，他有那个学习的精神。

叶兆言：对。我这样的经历比较少，因为我在高中的时候，我有位堂哥，他特别喜欢阅读，也是个玩弄笔杆的人，他喜欢玩书，说要挑出一百本最好看的世界小说，所以，我在高中的时候印象很深，包括高中毕业以后，这个也有点卖弄，就是老是要把世界上最有名的一百本小说凑出来。这个就可以说明年轻时代的阅读是为了卖弄，就是你跟别人说什么书你看过没有，什么书你没看过。我跟马原在一起的时候，我们两个就有这样的对话，其实我也感觉，他也是看的比较多，我们在一起的时候就喜欢问这本书你看过没有。那个时候我们就很不能容忍有本很有名的书没看过，这个就是少年时代的虚荣心在起作用。

比如说余华在讲到川端康成的时候，觉得非常震惊，但是对我来说不太有，因为大家都知道的，一个不想当作家的人，不会产生这种震撼，只有作为写作的、作为同行你才会震惊。他处于那样的一个阶段所以会有这样的阅读感觉。对我来说好看我就看，不好看拉倒。阅读者通常是这样的，阅读者和旅游者一样，就是他问别人什么地方你去过没去过，阅读者通常是一个虚荣心很强的人，他只告诉你，去过没去过，那么余华所讲的这个震惊，在某种意义上已经不仅仅是阅读了，他是把玩者，他是一种同行的琢磨，就像姜文讲的，他说他不喜欢看很多电影，只要挑几部好看的电影反复看就好了。

陈云昭：那你在写作的时候也碰到过一个著作，让你感觉震撼？

叶兆言：我应该说不算太多。我刚刚跟你说的这么一段历史，有一段时间，可以称为职业阅读，老是把最流行的东西都读掉，这样就可以跟别人说都读过了。尤其是在“文革”后期，“文革”后期有本书非常流行，但是很多人读不到它，是大仲马的《基督山伯爵》，这个时候你就可以认为这个书非常好，就可以跟别人讲这个故事，可以跟别人宣传，因为那个时候的江青就喜欢读这个书。那个时候还有一些禁书，“文革”后期，“文革”中间就有，这些书我也不知道是专门印给什么人看的，反正叫黄皮书，这些书在后面都标上叫“内部发行”，或者说“为供批判用”，但是年轻人就是这样，越是不让读的就是越要读，越是读了你不让读的书就越是卖弄，所以像余华所说的那种震惊，最早对我震惊的就是这些不让读的书，比如说萨特的《恶心》，我读的时候也在“文革”后期，大概1975年、1976年。

陈云昭：你那个时候多大了？

叶兆言：我那时候也就 18、19 岁吧。这本书确实是一本好书，它是我的文学启蒙书，所以说像你们写诗人所推崇的这些人，马头啊，毛头啊，我在少年时代知道这些人，我没法跟他们一样写诗，但是我很羡慕他们这样的阅读生活。他们的文学启蒙跟我是一样的，我们读的是共同的书，我读的书也是他们所推荐的一本书，正是所谓的黄皮书，还有一本书在某种意义上可以说是那个时代人的《圣经》，就是爱伦堡的《人·岁月·生活》，为什么说是《圣经》呢？因为上面说到了很多艺术家，海明威啊，索尔仁尼琴等。

陈云昭：那后来，你有没有过看以前看过的书，你觉得想法不一样了，改变了？

叶兆言：当然有的，有些书是完全不一样的，比如说《卡拉马佐夫兄弟》，最早读的时候只想着把它读完，觉得它太长了，当然这是孩子的时候，你不知道这本书，你就没有文化，因为不管怎么说它是世界最好的书，那是上大学以前。但我写作以后，到了 90 年代，我重新读那个书，觉得完全不一样了，就是我所体会的那种大气，但是我上大学，包括上大学以前，我没有办法理解那种大气。但是我写了很多东西以后，我重新再看这本书的时候，我就觉得确实是不一样的。

陈云昭：是怎么样的一个大气呢？

叶兆言：比如说我们写作的人，有很多的追求，然后你再看，这种追求对《卡拉马佐夫兄弟》来说根本不重要，要精致啊，说得要准确啊，要兼顾读者的阅读耐性，都不重要，你会发现一个野蛮的写作者，他在沙漠中间行走，想怎么走就怎么走，然后你会发现那个书写得非常大气，同时你会感到绝对的忠诚，过去在阅读里不一定读到这种东西，它的那种狂热的宗教的忠诚，然后你会明白为什么大家会给它那么多的赞誉。

陈云昭：有些东西是要交给时间的，跟机缘也有很大的关系。

叶兆言：跟那个环境也有关系。比如说《尤利西斯》这种书，爱尔兰到处看到很多乔伊斯的铜像，那感觉就不一样了。为什么说不一样呢？并不是说这个人变成了一个国家的象征，一个伟大的人物，恰恰是因为它变成了一个伟大的象征，每年都有一个乔伊斯节，模仿他小说里的场景。我说我为什么读进去呢？因为我从这个书上面读到的是另外一种信息，读到的是乔伊斯一生的不得志，一个酒鬼，婚姻不得志，生存十分困难，然后写出了两章之后发表不了，然后整个都是失落的。

在他的小说里充满了愤怒，充满了对人类的那种戏弄，就乱写，你说不能这么写啊，我就这么写，就乱来。它有很多地方很乱的，包括中间那个很多淫秽的东西，我觉得他那种淫秽完全不是说他是一个色情狂，而是一种愤怒。在天主教国家，所有人都是很保守的，他的教养也是很保守的，然后就是说他稍微有一点点，大家就都觉得他淫秽，那我干脆就更彻底点，最后你无法理解，他居然写了犹太人。你会觉得有很多很多你想象不到的东西，然后你重新阅读的时候，你就觉得世界立体了。他不会预感到以后自己就变成了一个国家的象征，变成爱尔兰的鲁迅，他绝对不会想到的，他是被国家驱逐的一个人，被人民抛弃的一个人。

所以，这个时候你看到那个铜像，看到他那个傲慢的样子，戴着个墨镜，其实他不是傲慢，他是没办法。然后你知道，那个酒鬼，妻子也不要他了，他是个失落的人，这个时候你读那个书你可以读到失意，你可以读到没有希望的作家的未来，也许是有希望的，这个时候你立体地再读这样的书会觉得有意思，你会觉得为什么它五六十页都没有一个标点符号？你想如果是一个被民众所欢迎的，一个畅销书的作家，没有这些烦恼的，不会出现这个几十页都没有标点符号的，他已经愤怒到了你们爱看不看的地步了。我们现在很夸张地把它理解为一个艺术行为，把它看成一种创作行为，他是要创造一些什么东西，忘记了他的愤怒，他的愤世嫉俗，不一样的阅读有不一样的效果。

陈云昭：普鲁斯特呢？

叶兆言：对，普鲁斯特也是一个道理，如果他不是一个病人，不是一个法国人，不是一个家里有钱的人。普鲁斯特就是一个有钱人家庭的失去了性能力的一个少年、青年人，他利用文字来解读他所有的东西，那么像他这样，你再去阅读，你会不一样的。他如果是一个平民阶层的人，或者说是一个小官员，都会完全不一样的。只有这个负伤的家庭，高度的文化积累的家庭，一个不健康的病人，他才可以有这样的文学巨著。如果一个成功的官员写出这样的东西，你不觉得很奇怪吗？所以说文学为什么会这样，它是有道理的。

陈云昭：我们怎么样去看待它，好像也是有一个转化的。

叶兆言：我看过一本非常好的书，一个英国人写的，专门讲普鲁斯特的吃。《追忆逝水年华》里的吃是非常精彩的，一般人根本做不到的，写不出来，你不具备这样的条件。出生于贵族家庭，有很好的教养，有很好的经济条件，同时又没有胃口，又是一个病人，这样你对食物才会有另外一种感觉。

“觉得读书就高人一等是不对的，这个观点很庸俗。”

陈云昭：年轻人的阅读好像越来越少了？

叶兆言：因为现在年轻人的诱惑太多了，所以这个就可能是刚刚我举的这两个例子。如果不阅读也可能是好事，有健康的一面，有它多元选择的一面。

陈云昭：就是你觉得这个现象不一定意味着不好？

叶兆言：对，我不认为这个现象不好。就像一个社会都在读小说，那个社会一定是不行的，上个世纪80年代初，大家一起读小说肯定是不行的。

陈云昭：但是这个社会如果每个人都不读书，我感觉也是不正常的。

叶兆言：这个是不行的，但是多元选择肯定是对的。

陈云昭：你女儿的阅读状况是怎么样的呢？

叶兆言：我女儿的阅读状况还是相当好的，这个是她自己的职业嘛，没办法啊，因为她是职业阅读的，你没有办法的，必须要阅读的。

陈云昭：你们在阅读上有过交流吗？

叶兆言：有，但是不是特别多。她比较像我读完大学以后读研究生的时候，就是更加职业化地阅读。确实没必要读那么多书。我觉得我自己成也是读书，败也是读书，书真的会读傻掉的。

陈云昭：所以说，读书里面也有悟的东西啊，就像你说的修行，就是读到一定程度，智慧的东西可能更重要了。

叶兆言：读书其实是一件非常美好的东西，但是如果把读书看得特别高，觉得读书就高人一等是不对的，这个观点很庸俗。所以说，读书就像美食一样，就是你喜欢吃好东西，很多人喜欢吃好吃的，这个没什么的。很多人不阅读，是因为他们不知道这个东西好吃，但是，你不能把这种行为上升到一个很高很高的高度，这没有道理。

陈云昭：你说过你很多的作品来自你阅读的经验？

叶兆言：阅读可以使人愉悦，也使人感到充实，也使人得到言辞上的训练，只能到此为止。因为一个读书人嘲笑一个不读书的人，他的书也白读了。自由选择永远是第一位的，你怎么可以嘲笑不读书的人？

陈云昭：读书的人感受到读书的这个美好，愿意和别人分享啊，愿意告诉别人，希望别人也能跟他一样，也阅读，这个该怎么弄呢？

叶兆言：你应该告诉他，这个很好吃，就像河豚鱼一样，很多人没吃过，你应该告诉他，这个很好吃，很好的享受，应该这样做，而不是卖弄我吃过，你没吃过的。可以跟他说这个很好吃，你也可以去吃。

陈云昭：现在的公共图书馆，把阅读推广已经作为了业务核心之一，这个是不是也意味着一个阅读危机呢？

叶兆言：不是，它这个是各行各业都有的各自的功能，你一个图书馆有两种功能：一种功能是信息的保存和服务。还有一个就是搞这样的活动，图书馆不搞阅读活动谁来搞这个呢？图书馆来搞这样的活动肯定是对的，角度完全不一样的，在这个上面是要赞成的，鼓励的。甚至从一种很庸俗的角度来讲，因为鼓励阅读对写作的人来讲，可以说是一种帮助，这个肯定是一件好的事。

“什么叫学问，学问就是学会问，都是一个道理，一个不会问的人一定是有问题的。”

陈云昭：你是怎么理解“普通读者”，或者说“正常读者”这个提法？

叶兆言：这个只是一个说法，一个概念，严格来讲，其实不存在。

陈云昭：梁文道引述过一个作家伍尔夫的一个观点，就是普通读者这个观点。现代人与人之间沟通的一个共同的经验越来越少，差距越来越大，就是说，隔行如隔山，比如说你是学化工的，我是做图书馆的，我们就很难聊到一起去。为什么呢？因为你不关注阅读，你不看或者看很少，可能我们连讨论鲁迅的余地都没有，因为你不知道鲁迅。但是这个现象在几十年前或者在阅读状况良好的国家是不存在的，每个人可能都是一个普通读者，比如说他是干化学的，他可能也会去读鲁迅。所以，在那个时候，可能人与人之间会有那种普遍的沟通的经验存在。

叶兆言：这个其实也是一个大忽悠，为什么说是个大忽悠呢？其实我们是假定的，我们假定西方人、国外人都知道。其实不是这样的，你到美国去调查，你会发现美国人的选择才自由呢，你包括去看美国黑人，他们可能就是连大学都不上的，他们并不是像我们所想象的，都知道海明威，这些都是我们假定的，都是一些文化人制造出来，拿这些说事儿。我赞成编点这样的故事，但事实上不是这样的。再举个例子，我在德国，和德国作家聊一些德国文学，我发现有些德国作家对自己的文学，甚至都不比我了解，这个都很正常，就是他不学这个他可以不看。所以，在德国有两种人，有一种人就是喜欢歌德，有一种人就是不喜欢歌德。

陈云昭：我刚刚说的那段话就是有一个共同经验和共同记忆的形成，对一个国家和一个民族来讲，是一件非常重要的事情。

叶兆言：这个也未必啊！你看美国才两百年，俄罗斯才七百年，他们也搞不清楚啊。

陈云昭：如果我们每个人只关注自己这个领域，他不通过阅读对别的领域进行了解，这个是不是会影响共同记忆和共同经验的形成呢？

叶兆言：我们中国有前所未有的五千年，有唐诗宋词，我们共同的区域太多了，我觉得我们共同的区域是蛮多的，我们的唐诗就是共同区域，我们的经典都是的，包括我们的《论语》。为什么于丹一演讲大家都非常地激动？她也很显然就是找到了你所说的共同点。

这个中间，它是两个概念。一个是文化方面的，也就是所谓你要有高中文凭，你要有大学学历，这些基础教育，它会让你读一些最基本的东西。国外的整个文化的基准稍微高一点点。那我们现在学什么，文化这东西还有一个最大的问题，文学艺术恰恰是拧的。如果你是一个不阅读的人，你什么东西都不读，你也可能是一个优秀的写作家，一个优秀的诗人、优秀的小说家，你半吊子，你把很多东西都读了也许还是个半吊子。为什么第一流的诗人，第一流的艺术家，他有他独特的地方，他没有读大家都读的书，他没有做大家都做的事，他有他独特的地方。

所以说，我们现在是要谈文化，还是要谈艺术。谈文化就是普遍经验，还有什么“万般皆下品，唯有读书高”，这是大众要接受的，就是所谓的“普通读者”。但是如果再往深一点的地方说，就另外一说，普通读者，最高境界就像我小时候那样，读过很多书，但是今天，谈艺术，就是跟别人完全不一样的阅读。

陈云昭：我觉得伍尔夫说这样的一个概念，她可能是从这样的一个角度，我们作为一个普通读者，什么样的书我们都涉猎了，但是我们是没有目的的，它可能更利于人与人之间普遍经验的形成。

叶兆言：恰恰是她认为没法和人沟通而自杀了。

陈云昭：她发现人是无法沟通的？

叶兆言：对。其实我觉得梁文道讲得蛮好的，所有优秀的人都可以把他自己的话说圆，其实这个圆也是蛮重要的。

陈云昭：对，这也是他书卖得好的原因。

叶兆言：他们就是这样，因为玩多了，很正常地就流露出来了。其实就是这样，什么叫思想？思想就是让你的脑袋往里面想一点，就是这个道理，让你动一下脑子，其实就是这个意思。什么叫学问？学问就是学会问，都是一个道理，一个不会问的人一定是有问题的，学问它不是背几个东西，而是始终有一个问在里面。

陈云昭：如果你放弃了问，你也就放弃了学的权利。

叶兆言：对，所以问特别重要。这也是为什么演讲是让我感到很痛苦的事情，因为始终都在问，我自己是矛盾的。有很多演讲就是告诉你一些道理，比如说“万般皆下品，唯有读书高”，这个老百姓一定是欢迎的。大家为什么觉得于丹这个《论语》讲得非常好？就是这个原因，因为她主要的不是问的，是直接讲中国、中国人学习的这个道理。

2. 许知远：书是我的安全毛毯

采访／陈云昭

许知远，1976年出生，2000年毕业于北京大学计算机系微电子专业，现任职于《生活》杂志。曾任《*PC Life*》执行主编、中国先生网主编、e龙网内容总监，他是单向街图书馆的创办人之一，曾任《经济观察报》主笔，英国《金融时报》中文网专栏作家。曾出版《那些忧伤的年轻人》、《中国纪事》、《我要成为世界的一部分》、《转折年代》、《纳斯达克的一代》、《昨日与明日》、《思想的冒险》、《新闻业的怀乡病》、《这一代人的中国意识》等。

“书是我的安全毛毯”

陈云昭：这次出门，旅途中有没有带着一些书在读？

许知远：在看谷歌两个 CEO 写的一本《新数字年代》。讲数字革命对普通人的影响，我觉得这本书写得非常好，数字革命对人类的政治、经济、文化带来的影响。

陈云昭：我注意到你好像是一个很擅长在旅途中阅读的人，能谈谈这方面的体会吗？比如说在旅途中都会读一些什么书，在旅途中阅读是不是会有一些特别的体验。

许知远：主要是路途中没什么事儿。你在旅途中，周围的一切都在不断变化，这样你就需要某种稳定性。人都需要一种平衡。当然书就给你确定性和稳定感。每个人都有一件类似“安全毛毯”的东西（《史努比》里的莱纳斯手里经常拿着那件毛毯），你拿着它就是安全的，比如女孩子拿个包是安全的。对我来说书就是我的安全毛毯。

陈云昭：在旅途中你会拿什么样的书读？

许知远：各种，没准。当时感兴趣什么就读什么。

陈云昭：在你的《那些忧伤的年轻人》里有专门的一个章节谈阅读的，叫“迷失在阅读中”。看得出你那个时候的阅读胃口很大，而且阅读的大多是经典文学，能谈谈你那个时候的阅读状况吗？

许知远：当时我非常喜欢美国 19 世纪的作家爱默生，爱默生有句名言叫“人对知识要有饿狗般的热情！”我觉得那时候可能年轻吧，对世界有“饿狗”般的热情，希望了解特别多的东西，希望自己能够进入一个特别丰满特别广阔的世界，觉得这样自己可以获得一个更大的更广阔的人生。所以对知识有强大的渴望甚至是贪婪。我觉得都是一个青春期反应嘛。

陈云昭：但并没有很多人成了许知远。

许知远：那不需要呀，世界上人人都是许知远，这世界多无聊！

陈云昭：我的意思是，你这种阅读的渴望是个偶然的缘起，还是你天生就有的东西？

许知远：那我不知道有多少是天生决定。和成长环境有关吧！跟孤单有关系，可能我比较孤单，和书籍是朋友，跟知识是朋友。知识是自由，因为你获得知识后，可以离开现实的生活，进入一个更大的世界。这是一种逃避吧！

陈云昭：这样的阅读历程对你后来的人生路径是不是产生了影响？

许知远：我不知道，应该是有影响的，最后就以此为生了嘛。

陈云昭：你这样的阅读趣味从什么时候开始的？高中，还是更小的时候？

许知远：应该是更大时候，高中开始一部分。我觉得我直到这两年才有点阅读趣味，以前都是乱读，现在有一些自己的阅读风格，但也很难说成熟，因为我认为一个人的成熟，就基本意味着他的死亡！

陈云昭：那么对阅读的兴趣是从小就养成了吧，比如说你从小读《上下五千年》之类的？

许知远：就因为我小学的时候老是要转学，转学就是要去一个新的集体，跟大家不熟悉，那么我也不要刻意去跟他们熟悉，我就躲在书籍的世界里。人是很难立刻去把握的，书是躺在那里不动的，任你摆布的。

陈云昭：那么你的家庭对你有没有什么特殊的影响？

许知远：父亲的影响多一点吧，因为家里有许多书柜，阅读比较方便。

陈云昭：据你观察，90 年代中期的北大校园的阅读氛围是什么样的？

许知远：已经不好，但是比现在好，正处于衰落的过程。90 年代还残留的一些东西，到了新世纪就淡了。90 年代中期有一股传承的理想主义，现在已经没有了。

陈云昭：就是说当时你去的时候，这股理想主义的东西还有？

许知远：还有。因为传统是靠人来延续的，我上大学的时候，还有一些 80 年代上北大的学生在那里读研究生呀，当时的老师，还有一些气氛。

陈云昭：你在当时的北大是不是有点显得不合群？

许知远：我觉得在大学里每个人都会感觉自己不合群，每个人都被孤立，都觉得自己被低估，需要找到自己的方向。因为考上北大都觉得自己高中的时候怪不错的，然后突然很多人都怪不错的时候，当然会有孤立感，你需要重新证明自己嘛。

陈云昭：你身上的“忧伤”和“理想主义”情绪是特有的，还是你从某些著作中获得的感染？

许知远：都有。我就是对历史中那种非凡人物反抗精神的期待，包括对可能的一种生活的想象，这种东西都是对抗现实暗淡的一种方式。每一代年轻人都应该有真正的反抗意识，而且这种反抗是建立在某种智力和情感的基础之上的。也可能是因为性格里某一面东西让我更喜欢阅读，然后和环境、阅读对象等相互造就的。

陈云昭：是不是有那么几本书，在你的精神成长中起到了关键性的作用？你经常提到的一本书是《流放者归来》给你带来的影响。

许知远：对，《流放者归来》是对我青春时期的影响很大的一本书：一群美国作家，他们讨厌美国，他们要到欧洲去寻找自己的文明。他们逃离自己的家乡，结果海明威发现只有在巴黎的时候，他才能写他的家乡密歇根州，才能写他童年的故事。我特别希望现在的年轻人能够到世界各地去流浪，逃离自己的家乡，在一个陌生的地方重新理解你的家乡。我的生活后来就是潜移默化地沿着这条路来走的。

陈云昭：除了这本书之外，还有吗？

许知远：还有《红与黑》：一个外省青年如何面对自己的雄心呀，面对自己的爱情，挣扎地理解自我的这个过程。我应该是蛮受浪漫主义时期作品的影响，那种人应该寻找自我实现之类的。

“在书桌前眺望世界是危险的”

陈云昭：阅读是不是能让你从特有的视角看世界？

许知远：当然，人不是仅仅看见物理的世界，关键是理解世界的“眼睛”。如果你没有人类学的知识，没有历史的知识，你来看眼前的世界几乎是完全不一样的。所以，关键是看世界的那双“眼睛”，否则你会对眼前的世界视而不见。

陈云昭：从阅读的角度看世界会不会存在一些问题呢？

许知远：当然了，任何从单一角度看世界都会存在问题。在书桌前眺望世界是危险的，因为会失真，会把复杂的世界简化了。这么复杂的世界，仅仅变成一本200页的书，那是不可能的。世界是无限多维的一个东西，它怎么可能会被压缩在一本小小的书中呢？

陈云昭：后来我看到你后面的几本书，包括《中国纪事》、《祖国的陌生人》、《一个游荡者的世界》更多已经开始用“行走”去看这个世界了。

许知远：一直到30岁之前，我一直是一个在书斋里通过书本眺望世界的人，当我意识到这种眺望世界的方式存在问题的时候，我就特别渴望具体的事物具体的人。我对现实生活没有感觉，被很多人所批评了，所以就很想努力地走出去。

陈云昭：走过那么多地方你现在的想法和你刚出发时有什么不同吗？

许知远：我对旅行开始上瘾了，需要不断地移动，我对固定在某一个地方越来越厌倦。而且旅行是一个非常懒惰的逃避方式。以前去旅行就是想寻找一些东西，现在旅行更像我生活的一部分。

陈云昭：对旅行有没有新的理解？

许知远：你别急于寻找世界，世界会向你涌来。

陈云昭：最近你出的几本书（《中国纪事》、《祖国的陌生人》、《一个游荡者的世界》）都是游记性质的随笔，是需要写这些文章催促你去“旅行”，还是旅行带来了这些文章？

许知远：都有。你去看了那个地方就想写一写。

陈云昭：旅行和阅读你认为有什么关系？

许知远：旅行和阅读是一个相互促进的关系，旅行可以促进你去重新读很多东西，旅行也是一个在移动中不断思考的过程；旅行也是阅读，阅读也是旅行，它们是相辅相成的。

“世界会变得更宽，更扁平”

陈云昭：你怎么看电子阅读?

许知远：这只是一种新的手段。在古登堡印刷术发明之前或者印刷术传播之前，人类的文明是由口耳相传，利用谈论、交流，学徒形成的，然后变成了印刷。过去一个多世纪变成声音，又变成了影像，然后包括电子阅读。它是一个演进的过程，每次演进它都会丢失掉一些东西，又会获得一些东西。我们读曹雪芹这样的作家，他要事无巨细地描述整个细节：贾宝玉穿什么戴什么什么颜色，现在一个镜头过去都有了。现在，谷歌发明了谷歌 glass，因为人类的头脑不会消化那么多东西，你只能记住有限的东西，谷歌 glass 可以把你所有看到的东西都能记录下来，甚至你已经忘记的东西，都可以帮你记录下来。这是无与伦比的记录，所以人类需要应对这些东西，在这个转变过程中有很多挑战，如果应对不了，就会被压垮了。例如，信息焦虑现在就是我们的一个问题。

陈云昭：你认为“电子书”与“纸本书”的关系是“取代性”的，还是“伙伴性”的?

许知远：相当长的时间里或许会，但在短时间里电子书不会取代纸质书，不会的，人类的生活习惯需要相当长的一段时间转变。长远来看，纸会变成某种奢侈品。将来可能去买一本纸质的书，就像现在买一个爱马仕的包一样吧。

陈云昭：这个时代我们是不是应该重新定义“阅读”这样一件事?

许知远：不需要，这只是一种小改变，不会有太多戏剧性的变化。阅读可能变得更立体，但最终它还是一个你去了解这个世界，了解别人生活的这么一个过程。

陈云昭：但电子媒介在修正我们的阅读方式，修正我们对阅读的看法，也修正了我们的思维方式。

许知远：古登堡的发明是一种线性的，而且印刷在上面它有它的节奏，不同媒介有不同的节奏。比如，打字机的节奏和手写的节奏肯定也是不一样的。你现在进入一个更加跳跃的节奏，当然会带来思维上的改变。我觉得世界会变得更宽，更扁平，世界会变得咋咋呼呼的，什么都了解一点，但什么也了解不深的世界。

“永远不要低估人的自由意志和人的创造力”

陈云昭：你曾说过“说来非常惭愧，谈自己的国家的时候，所有价值观材料本身都是来自西方媒体的角度，西方研究的那种角度”。这是不是说明我们在所谓的“现代性”面前只是一个被动的接受者，甚至这个接受都是没做好准备的接受，所以我们的思考能力也被取消了，只剩下拿别人的一套东西来看待自己？

许知远：那当然，中国在很大程度上依然是如此。过去两个世纪以来，世界的话语系统全部是由西方人来奠定的，我们是一个被动的接受者，我们是在疲于奔命地应付西方提出的问题，自身还难以提出问题；我们是在回应西方的挑战，我们现在仍然处于这个过程之中。对西方充满焦虑，西方是所有权力的中心，政治的权力、经济的权力、文化的权力，所有权力都是它们的，中国在慢慢地回应。

陈云昭：你也在做这样的回应。

许知远：中国知识分子从十九世纪中后叶开始都在回应着西方，我们只是最近的一代。

陈云昭：你的精神基座中好像大多也是西方的著作，包括你对世界的判断所用的眼光。

许知远：因为中国的传统断掉了，你没有那么轻易可以获得它们的渠道。这个国家的历史不断地被中断，每一代人都和上一个历史失去联系，我们对自己的国家是没有兴趣的。当然，你需要重新认识中国，因为中国也蕴含着无穷的情感、思想、美学这些东西，你需要去理解它们，它是世界文明的一部分。

陈云昭：在你的接受中，中国传统这块好像很少？

许知远：就少，不多。

陈云昭：这是偶然还是——

许知远：跟偶然、必然都有关系。你想，我们生活在这个环境里，我们不都压抑嘛，精神的压抑，各种压抑。那么压抑之后，我们就会寻找反抗的英雄，在中国文本里反抗的英雄就是鲁迅，是李敖，是柏杨这些人，他们反抗什么？就是否定中国传统。因为中国的传统和现实制度是共谋关系。那我们青年时期都是读他们的书，那对中国传统就有本能的反感，后来才意识到事情不是那么简单，但他们的反对是有道理的。

陈云昭：那当代中国人还是中国人吗？

许知远：本来就没有一个本质的中国人是什么样呀！唐代中国人和宋代中国人也不一样，宋代中国人与元代中国人也不一样。

陈云昭：但最起码他们还有一个所谓“道统”的东西在。

许知远：在元朝中叶的话，你很可能认为这个国家已经亡了。几十年在整个历史长河中就是弹指一挥间的事情，但对我们这些生活在历史中的人来说却是巨大的牺牲，我们这一代人就被牺牲掉了，生活在一个非常平庸、压抑的时代。但对历史的巨大修复功能来说，这么一点是算不了什么。永远不要低估人的自由意志和人的创造力。因为没有一个本质的中国人，所以很难说现代中国人还是不是中国人，中国人本来就是一个伪概念。

陈云昭：这让我想到一个有意思的现象，比如说江阴有一条街叫作“司马街”，这个街名的由来肯定有一个丰富的典故，但现在几乎没有几个年轻的江阴市民知道这条街的来历，这个街名对他们来说也就是一个“符号”，跟美国的“第十七”大街、“第十八”大街也就没有什么区别了。我们现在可能还有很多中国元素，但这些中国元素背后的中国的“道”可能没有了。

许知远：所以要去复活它，复活传统，这在历史上屡见不鲜，文艺复兴就是要复活古罗马和古希腊，明代的书法家需要模仿宋代的，这也是一个复活的过程。

“书店提供了通往另一个世界的门”

陈云昭：单向街书店现在经营得怎么样？我前年去过一次，感觉你参与经营的也不多？

许知远：不怎么样，还凑合。我不会呀，不懂，没能力。

陈云昭：单向街前后也搬了好几次家，每次搬家都是因为租金成本上升吗？

许知远：是的，或者生意不好，都有。

陈云昭：对你们组织的单向街沙龙活动印象比较深刻，这块应该也是需要成本的？

许知远：不需要太多成本。很多嘉宾自己来，年纪大的我们才去接一下。他们还是很愿意来，我们本来就是一个非盈利活动，大家也是随便来听。

陈云昭：单向街书店策划图书出版是经营上的一种策略还是有其他的目的？

许知远：出版的书特别少，股东们都在用工作收入填补它。这个书店都办了八年了，蛮长的，超出我们的想象。

陈云昭：很多独立民营书店都倒闭、陷入困境，这个时代是不是已经不适合书店的生存？

许知远：我觉得我们这个时代真的很糟，人是非常庸俗。开那么多餐馆，大家也没嫌多，吃个饭这么多也不觉得贵，就逛逛书店买本书就觉得好贵。我们现在完全是反文化，对精神世界完全是没需求。

陈云昭：你觉得未来生存下来的独立书店会是什么样的？

许知远：大型的书店可能还不错，诚品来中国开店，广东的方所，成都的西西弗，未来的书店可能就是一个体验店，一个精神 SPA 店。大城市可能会好一些，但也不够，像中小型城市就很糟了，年轻人找不到精神生活，所以年轻人拼命向大城市涌，但又挤得要死又没机会，可是生活看起来又比这边有意思，这边虽然很安稳但又很沉闷。

陈云昭：在你的理解中，书店在我们的阅读生活中有什么样的意义？

许知远：一本书就是一个独特的精神空间，当一个书店放几千本书的时候，它是一个多么丰富的精神空间呀！那个空间也许是卡尔维诺的空间，也许是博尔赫斯的空间，你是在离开自己，所以我觉得书店提供了通往另一个世界的门，每个书店都应该是这样的一个门。同时它还应该是日常生活的一部分，书店、电影院、公园，它们都是公共空间，我们需要这样的公共空间。

3.

庞培：阅读高于书籍

采访/陈云昭

庞培：男，诗人、散文家，1962年12月生于江苏江阴。早年曾在江南各地漫游，有“文坛流浪汉”之美誉。1985年发表小说处女作，作品获1995年首届“刘丽安诗歌奖”，1997年获“柔刚诗歌奖”及《诗探索》奖。代表诗作有《低语》、《谢阁兰中国书简》、《忧伤地下读物》。散文著有《低语》、《五种回忆》、《乡村肖像》等。

一　书——“走进阅读中，就像服了药一样，一剂良药。”

陈云昭：谈谈你早期的阅读情况吧。

庞　培：大致1977年左右，我就开始对阅读产生很大兴趣，只不过那个时候只是被书本的故事所吸引，文学的概念还没有形成，比如当时读《水浒》，只是觉得它的故事特别吸引人。

当时新华书店的书几乎每一本都被我看过，除了《毛选》、数学类的我没看之外，什么地图册、天气预报书都看过，记得当时我在新华书店看到了第一本彩色图片书，是讲中草药的一本书。

1977 年“文革”结束的第二年，我 15 岁，江阴县图书馆对外开放，图书馆拿出了一批 50 年代的旧书，数量上征服了我，我那个时候觉得怎么会有这么多书！我从 1 岁到 15 岁，看到最多的是游行和《毛选》，突然看到这么多书，我突然会想到为什么会有这么多书？为什么有这么多书我没有读过？还有就是书的旧，让我一下想起了“破四旧”，我那个时候想，怎么这些就没有打掉呢？图书馆的开放一下子打开了我的眼界，让我走进阅读中，就像服了药一样，一剂良药。

那个时候，在图书馆里看书的像我这么大的人很少，估计 10 天可能会出现一个像我这么大的读者，所以当时我真的有“图书馆的一个人的战争”的感觉，光线很暗的图书馆，似乎每一行文字你都要读下来，才能过完一生。从我的个人经历来讲，国家不能中断公共图书馆。图书馆对我产生了重大影响，所以一直以来我对图书馆都有很厚的感情，每次不高兴了，绝望了，就往图书馆跑，很长的时间都在图书馆度过。书真正意义上地陪伴我。

陈云昭：相对于 50 年代生人，你们 60 年代生人是不是又处在了不同的阅读境遇中？

庞　培：相对于 50 年代生人来说，一个肯定是更加纯真，第二个肯定是说更加适合读书的年龄，就是说正好十四五岁让我们遭遇上了书，十四五岁的时候有一批新书进来。那么 50 年代生人呢，他们更多的所谓的“文革”时候呢，地下文学，什么那种手抄本，还有那种内部资料，他们其实比我们在这方面更惨。我们到后来十几岁的时候，接触到了比如说外国文学啊，包括中国古代的古典文学，当时实际上无论是外国文学还是古典文学，它还是在政治领导下，激情的主导下，比如古典文学，比如中国历史我们只能读到翦伯赞的《中国通史》，可是现在看他对中国历史的读解，现在已被认为是荒谬的了，当时是流行读本。然后呢，古典文学这一块那就更是了，就是必须要体现阶级斗争，必须要体现什么不要忘记劳动者的那些疾苦，所以选出来的唐诗宋词很搞笑的，文学含量实在可疑，比如说专门挑杜甫、白居易那一类的，非常有浓烈的政治偏向的，所以我们虽然古典文学解禁了，但是这个古典文学是被扭曲的，可以说是被刻意地遮蔽了。外国文学同样如此，就是说对苏联文学的那种引进，除此之外，也进了一些比如海明威啊，司汤达，但是呢，大体上来说也是要求现实主义的东西，就是高尔基为首的。我们当初接触的是这个东西，一开始的时候，我估计很多人都受过这种伤害，就是说作为一个读者，他本来可以第一时间受到这种好的一流的文学的感染，但是他一上来就被现实主义这种《牛虻》啊,《铁流》啊这种小说吓跑了，这也可能，但是我呢，可以就是说属于免疫力一开始就比较强的，那么我就一直还是读下来了，越读到后来，好的书出现得越多。

陈云昭：你说“书真正意义上地陪伴我”，这是怎样的一种陪伴？后来你与书的关系是不是已经超越了这种“陪伴”的关系？

庞　培：是不太一样。现在比如说我已经有我比较喜欢的书房了，比较稳定的阅读空间了。那个年代呢，处于漂泊的、不定的状态，好像即使在自己的家门，还是一个流浪汉的感觉，就是说在家里的藏书不是太多，也不够理想，而图书馆的书，尤其是期刊已经很多，就是说除了在那里，你在家里肯定得不到那么大信息量，所以图书馆自然而然成了我在小县城里的一个避难所那种感觉，那个小型“避难所”，就是它有这样的一个陪伴，好像是我的生活的一部分。

二　困兽——“整个一代人都是大陆上的鲁滨孙。”

陈云昭：大约什么时候开始你的阅读进入了一个文学上的一种？

庞　培：我想应该是1978年的时候。

陈云昭：一开始就接触到外国文学了吗？

庞　培：对。因为1978年之前，我跟一般人读的也一样，读一点不完整的《三国演义》，读个一两本《战争与和平》，《战争与和平》找不到全本，全本它那时候有4本，我可能只读了一本。那么从1978年开始正儿八经有一种自我的意识了，包括读司汤达啊，读莫泊桑啊，读契诃夫啊都是从1978年开始。

陈云昭：这些书当时在新华书店能找得到吗？

庞　培：以新华书店为主，还有一些在图书馆可以借到了。“文革”时期，江阴这些小城市的图书馆是不开放的，被封闭的。大概在1977年还是1976年的某一天，又对公众开放了，主要是针对工人。所以凭工作证，你的工人身份就可以借书。

陈云昭：一上来，你似乎就选择了一个西方文学的路径去读，而不是古典文学，是不是刻意的结果？还是其他的原因？

庞　培：先说大的方面的原因：我觉得外国文学至少体现了五四

以来的新文学在中国人思想深处的解放和觉醒吧。我们这一代（60年代的人），我觉得还是理所当然地在这个新的潮流里面，像我，我觉得我在文学观念上一开始也还是新人，不是一定要那种中国式传统的，旧式的，作为一种新式文人的趣味来说，好像天性还是比较喜好外国文学那种味道，那种口味，就是从童话的角度来说，有喜欢《格林童话》、《安徒生童话》啊，不会去喜欢比较中国的成语故事啊，这个趣味明显是我的一个新时代的趣味。从外国文学和我们中国自身的文学传统区别来说，由于我们在那个有限的国家的教育里面，比如说，小学初中的教育里面，没有，几乎是空白，没有人来教我们唐诗，偶尔教一两首，就是说那种不是鼓励你去阅读的，所以在我们的教育里面，古代文学完全是缺失的，源于这种缺失，古典文学和外国文学出现在书架上的时候，我更为靠近西方文学，我对西方文学就很有感觉。这个年龄大了以后来看，遗憾其实是，当时就是觉得好像还是挺开心的一件事情，我就偏不要读这些东西。

陈云昭：有没有一些作品对你产生了比较大的影响？

庞　培：没有，在江阴觉得自己太孤独，没有一个可以商量的人。一开始接触外国文学，第一本是《战争与和平》，震动不大，觉得看不懂，直到现在我还没把它读完，马克·吐温的小说对我有点影响，觉得他的小说，在当时国内最好。我直接面对的还有中国当代文学，比如，1984、1985年，《班主任》让我印象深刻。

我当时还处于肤浅功利的状态，研究莫言《透明的红萝卜》、苏童《桑园留念》这些作品为什么能发表，里面的技巧有哪些等。

当初走得太慢了，虽然看过很多书，但是在江阴都是我一个人在摸索，就觉得自己像江阴的“鲁滨孙”，觉得陈东东这句话非常对——“整个一代人都是大陆上的鲁滨孙。”

陈云昭：阅读是不是影响到你后来的趣味呢？包括写作上的和生活上的趣味。

庞　培：应该说占了很大一部分，至少有一半吧。另一半就是你对生命，对自然的自己的体悟，平时的那种，然后还有一部分是你的血液，以及对这个土地的认同感，因为我们毕竟是中国人，象形文字，江南，进而言之，我们在长江下游，这些都会起作用的。

陈云昭：从一开始进入阅读到现在，你是不是有一个清晰的阅读谱系，还是什么好读什么？

庞　培：怎么说呢，要说没线索，可能隐隐约约也会有一些。

陈云昭：有一些刻意的这个安排，还是你会看到一些什么好书你就会读这些好书？

庞　培：我的状态，就是我看到什么好书就读什么好书，但是，我也会有意识地追寻一些线索，比如通过阅读狄更斯，那我就开始关注简·奥斯汀，从谱系的角度来说，对小说和文学的方面来说，我分成了两个阶段，第一个阶段就是到上个世纪90年代的末尾，我基本上认定英国文学是我眼中最好的，后来从2000年以后，最近的十几年，我开始偏向于法国文学了，就是这样的一个谱系，可以分成这两块。我对世界文学阅读的心得就是英国文学是巅峰，后来认为法国文学有英国文学所不具备的那些东西，当然，大概就是此消彼长的吧，最终让我把票投给法国文学的主要是普鲁斯特，如果没有像他这样的作家，或者再加上兰波这样的诗人的话，那我始终还是投英国的票，但现在我有点偏向于法国文学。（陈云昭：美国文学呢？）美国文学是一个例外，是一个派生的东西，是世界文学里的一部分，但在世界文学的这个高贵的家族里面，美国文学占的席位相当少的，它从一开始就是一个“碎片式”的写作，就是它是一个新大陆的写作，来自全世界不同的国家、不同的民族的不同身份的人聚集在一个新大陆，然后诞生出这种文学。这种文学从一开始注定它是“碎片式”的。惠特曼当年就奉劝，或者是警告他的同行，十九世纪的美国同行，我们要提倡碎片式的写作，我们不要去理会英国文学，叫影响的焦虑，他要找到自我。这种自我不像英国文学那样种类是比较单一的，天生的，它不具备这种单一和天真性，那么多的国家，那么复杂的生成，那么在这种情况下只可能是“碎片”，所以美国文学它出了一些伟大的作品，出了一些了不起的作家，但是它对世界文学根本产生不了深刻的影响，它既不能在源头上产生可以撼动世界文学的作品，同时，在它最前列，它也不具备像那个现代派文学以来的那种尖端的作品，前后都不具备。美国文学一直在中间，依附着世界文学。那么从这个景观来说，我们中国当代文学连这个依附都还达不到，中国当代文学就是要如何融入世界文学这个景观里面去，那么它是一个很大的问号，那么中国当代文学究竟做了些什么呢？目前来看还是非常肤浅的，在我的描述里面，那它根本就达不到我说的英国、法国，更达不到后面的，还有一些其他国家，比如说德语文学，还有欧洲其他一些文学，比如说东欧的诗歌，这些在世界文学的景观里非常了不起的，它们都高于美国文学的。在世界文学景观里，当然这是一种一般的描述，用这种描述，我们只能去解决一般的问题，解决不了特殊问题，特殊问题是什么呢？比如说爱伦・坡，美国文学里的，这是一个奇才，他反过来影响了法国文学里的波德莱尔。当年波德莱尔还没写《恶之花》的时候，就是他翻译爱伦・坡的诗歌和小说，他从爱伦・坡那里获得了非常大的震撼和创作灵感，以至于他最后写出了《恶之花》和《巴黎的忧郁》这种散文诗，这种散文诗的形式也是从爱伦・坡的美学观点里来的，他认为好的诗，好的作品一定是短的，爱伦·坡有这个著名的论断，实际上波德莱尔在法国能出来，他是得益于他在美国找到了这么一个在美国也不为人所知的、在美国也被埋没了的人。

美国作家中有一些有意思的特例，但是不足以帮助整个美国文学提升到我心目中法国文学的那个高度，比如说美国的麦尔维尔写《白鲸》的，我也很喜欢这个人，经常在家里翻一些他的东西，就是说像这种是特例。你想超现实主义在法国，表现主义在德国，比如说这一类的又有什么主义在美国呢？我们都找不到，没有，基本上没有的。那在中国就更找不到，啥也没有，在现代意义上基本是交了白卷了。

陈云昭：我们从新文学运动到现在也不过才一百年左右的时间。

庞　培：嗯，是的，就是说新文学以来一百年还不到一点，就是说短短的一百年，美国文学出来也经历了差不多一百五十年。

陈云昭：而且我们还比较特殊，还有一个如何和古典文学对话的这种问题。

庞　培：这个问题太复杂了。

陈云昭：这个问题老是出现，你不理不行。

庞　培：但是正因为难，正因为非常难，几乎不可能完成，所以也注定了它将来有一个悬念，悬置的一个前景是什么呢？两百年后，世界文学如果还存在的话，它可能是中国文学那个时候的当代文学来填补世界文学的第一把交椅。为什么这么说呢？因为我们这个大量的空白和荒凉它导致了存在许多处女之地，如何去把它开垦，结出种子，或者丰收的问题，你明白我的意思吗？

所以中国现在是躺在世界版图上唯一一块可以用未来世界文学去填补的一个国度，而且它自身又有这么多这种遗产，各种各样的遗产，这种遗产，有时是向内的，有时是向外的，有时反正是内外结合的，都有，有这么多的遗产，你想中国古代自身的文学，然后现在海外出去漂泊的那些人呢，新的家园的经验，现代的这种物质的浪潮，这些东西将来都会变异出一种东西来，还是值得令人展望的。我觉得，所以我们是处于惠特曼前时代，假如我们把自己想象成当年美国文学的那个状态的时候，美国文学是在十九世纪，1850年之前是不成形的，就像现在的中国，2012年的中国一样，不成形的，但是1851年、1855年，诞生了两部作品，美国文学从此跟过去告别了，开始有一个新的哪怕是幼稚的自我，这两部作品就是《白鲸》和《草叶集》。这种现象，在人类的历史上，比比皆是，就是说到达了一个文学的新的时代，它都有一个标志性的作品。比如说1922年，1922年在世界文学的版图上，在欧洲文学的版图上，出现了两本书，一本是《追忆逝水年华》，一本是《尤利西斯》。

三　80年代——“太沉溺于这种书籍的世界，这是一种妨碍。”

陈云昭：很多人都重点说过上个世纪的80年代，包括崔卫平、李银河他们这些人，都提过上个世纪的80年代，相当于意大利的15世纪，在当时的江阴，据你了解，这个小县城的读书情况怎么样？

庞　培：我想当时其他很多江南的小县城差不多。在我的印象里，我还记得有一些人，看起来像知识分子的模样，三四十岁，我从十几岁小孩的角度观察他们，他们在图书馆啊，阅览室啊，书店啊，这些场合进进出出的，我一个都没有找到能追随的榜样。但是，我也有这种渴望，并且也有这种印象，好像他们某个时候的某个表情，有时候两个人，书店里我会碰到比我年长的，在针对某个法国小说，他们在交头接耳的感觉，我当时就觉得很渴望加入他们，但是因为我的年龄太小了，最终也只是站在那儿听一会儿。但是他们那种存在，对我来说是非常温暖的，非常有必要的，就是说必须要这样，心里才有谱，心里才有底，我将来也有这个爱好，好像我将来也是这样的人，也走一条什么样的路。可惜等我长大以后发现，很多很多的这种地方知识分子，基本上就是销声匿迹了，无论是创作上，还是其他什么方面，好像这个地方都没有再出什么像样的人，我觉得蛮可惜的。这个小地方，日常生活对人的这种打磨啊，还是很明显的，还是蛮可怕的，就是肯定你在思考的同时，这座城市里还是不乏思考者，但为什么他们后来没有发出声音呢?

陈云昭：你一开始就接触了西方文学这一块，我觉得这种选择，其实从江阴其他的作家身上也可以看出来，他们在阅读上一开始选择的不同，造成一个结果的不同，也就是说造成他们在写作意识上有一些不同。

庞　培：这个问题，其实也是非常有意思的。据我所知，它还不光是阅读就能解决的事情，它还是一个从一开始的源头的问题，然后，它一直滚，在每个阶段里，就是说这个东西后来越来越大，越来越大，没办法，它是一个综合问题，就是说你的天赋啊，你的心性问题，还有你的个性问题，然后加上你的阅读，你接触的广泛的阅读问题，到最后就会变成一个问题，就是思想的问题。我们把时间倒过去，比如说倒到 1990 年，比如说他还没读到司汤达很可惜，但是现在我们把时间倒回 1990 年让他再读司汤达，会有改变，但是不会达到根本的改变。

陈云昭：而且人与人的差距，可能直接导致读同一本书，吸收到的力量也不一样。

庞　培：对，吸取的营养也不一样，有点差异。阅读，书籍，这些当然是非常重要的，但是呢，还是人的本体问题。

陈云昭：那你开书店大概是什么时候？

庞　培：开书店那时候我就是已经成年，成熟了，思想上，因为已经是我从广州打工回来的。在广州打工，在报社里，结果就是我发现了一种生活方式，就是自己可以开书店养活自己，我自己可以继续写作，就是不要做这份新闻工作了，这是我后来刻意为自己选择的一条路，回老家，开书店，然后写作，这样过来的。这样一个转折点对我是很重要的，对我后面出了一些作品是很重要的，咱们暂且不论这个作品有多少价值或者地位。

陈云昭：那么开书店选择的书是不是跟你本人的趣味也有关系？

庞　培：有关系的。我选择的书基本上都是纯文学的，加点历史、社会学的，其他的门类我都不进的，即使知道那种畅销的武侠小说我都不进，不愿意做这个生意。还是比较属于人文书店吧。

陈云昭：那个时候经常光顾你的书店的都有哪些人呢？

庞　培：都来了，后来在江阴的朋友，就是即使他不写作，但是他爱好阅读的这些人，当年都到我书店来过，包括后来非常好的朋友。

陈云昭：而且这家书店初步划出了你的交往范围。

庞　培：而且我敢于，开书店以后呢，我敢于表达自己，以前是不敢表达自己的，或者说，以前在江阴的书店我是很老实的，也就是说，噢，那个人家的书多，我也会很恭敬地去看看，不发表意见，通过开书店，我就开始表达自己，而且有自己的形象了，跟什么人说什么话，该说什么话，那个时候就开始真正，就是说假如我身上有某个知识分子的身份的话，从那个时候开始确立，以前没有，以前就是一个很普通的爱好者嘛，一个写东西的人，我觉得从这个角度来说的话，李建华（江阴作家）他还没有过这个，他还在我接近于开书店那种状态，那个精神上，因为他没法对话，对话的那种形象不够……

陈云昭：这是个非常有意思的现象，就是说开书店确立了你这个知识分子形象，或者说更清晰了。

庞　培：更清晰了，我其实后面有个更通俗的内容，比如我和顾铁林（江阴的藏书家）的关系，通过开书店直接就可以教训他了，或者跟他说拒绝了，说不了，在那之前我是不说的，因为他有那么多藏书，又是我的长辈，我当然是对他比较恭敬，但是开书店以后我整个人就不一样了，把这个“水”就弄清楚了，就是他究竟是个什么样的人，我该怎么跟他说话，就是这种东西，包括我现在跟他的关系。

人是一个不断要加强的客体啊，用哲学术语来说，你的客观存在，也是一个不断在加强中，在自我递进一个过程里，而且在你的人生道路上是不断变化的，如果你不变，肯定是不对的，如果你变得忽快忽慢也是不对的，不断地在变，这个客体不断地在增强，然后你才能成一个活生生的知识分子啊。这是在一个小县城里，你也会有一个你自己表达的形式，比如说平时你躲在家里，到了公共场合你该怎么样，咱们七七八八都有约定。

陈云昭：后来你这个书店不开了，是不是跟整个社会的这个阅读气氛的转变也有什么关系呢？

庞　培：没有，这个倒没关系，纯粹是我自己，想多给自己一点时间吧。因为，你要开书店你必须为读者服务对吧，你要有那么一个不是很自我的时间，你必须待在书店里，为这个店，为书的销路，为读者服务，时间上肯定没那么自由嘛，没那么自在，写东西的话肯定不行。

陈云昭：上个世纪 80 年代中后期中国人在阅读上出现的一种狂热的现象，就是这种无限的饥渴后的胃口大开，它会不会也影响到你后来的写作？

庞　培：当初好像吃得过分以后，有时候会恍惚，会缓不过神来，而且呢，由于在那个小城里面，那么多年的阅读，到最后，就是跟同时代，是否会更狭隘一点，或者会更挑剔一点，或者还有更好高骛远一点，这种现象在我身上我觉得还是有可能性的。我写作不是那么多彩，没写出好像自己确实能交代的、满意的作品，可能跟我长期读得太多，太沉溺于这种书籍的世界，这种文学世界里，这是一种妨碍。

陈云昭：你的好朋友杨键（中国当代著名诗人）他好像对阅读没有你那么贪婪？他好像对书籍的阅读天生有一种警惕？

庞　培：他读得也蛮多的，但是他的阅读，可能在传统文化这一块比我早，也就说他的思想跟我不太一样。他的思想，有一点超越美学和文学，他有一点进入宗教和神学的这种意味和这种储备吧，我呢，没有他这么高，一直停留在或者说一直沉溺在这个文学的范畴里面。我觉得杨键可能在很多年前的某一天，文学当然他也关注，但是他可能在一个更高的宗教和思想的这种状态里，所以这也是我跟他的一个差异，也是我的不足。他有一点终极的这种文学素养。

四　阅读——“阅读高于书籍。”

陈云昭：直至今天，你对阅读有了什么样的理解？

庞　培：是一个盲目的理解，已经说不出什么了，一个人好像进入混沌的感觉。阅读可以说是悲伤，可以说是欣喜，也可以说是唯一的幸福，都可以这么说，从我个人的阅读体会来说都可以，很复杂。

陈云昭：聊到这里我突然想到一个人，李叔同，他一开始在文学、音乐、书法上孜孜以求，突然一天他把这些都抛下，进入佛学、禅的世界，之后我们再看他在书法、美术领域内的实践，那完全是另一个境界了。

庞　培：你举了一个很好的人物的例子，而且正好是对我们刚才这个话题的进一步延伸和深入，正好做了一个佐证。我可以清晰地表达一下我的想法：阅读高于书籍。为什么这么说呢？因为真正的阅读是无形的。在老子的时代他并不能读到印刷品，他甚至看不到手抄的经卷，但他一样确立了自己的思想，靠的是什么？靠的是高于书籍的阅读。书籍实际是近一千年左右的产物，从欧洲的文明来说，以古登堡印刷术的发明为标志，书籍才大面积地产生，实际上才 600 年左右的历史。在书籍之前，人类也在阅读，书籍作为一项发明，是人类各种阅读形式的一个总结，它是一颗钻石。在没有书籍之前，人类也照样在阅读，这种阅读也分两种，一种是通过文字在阅读，一种没有文字。没有文字的阅读指的是旅行、观星象、望气、对动植物的观察等，这些就是人类经过的前语言的阅读状态。人类经过了很漫长的过程，他阅读日月星辰、大江河流、大地呀这些东西。所以书籍是人类最伟大的发明，不知道谁说过人类有两个最伟大的发明，一个是书籍，另一个是轮子。而且书籍和轮子一样一经发明，就没有变过。我们现在聊到的“阅读”，大多数情况下是近代文明范围内的阅读。

4. 莫砺锋：偶然的诗歌生活

采访/陈云昭

莫砺锋，南京大学文学院教授，南京大学中国诗学研究中心主任。出版有《杜甫评传》、《唐宋诗歌论集》、《莫砺锋诗话》、《浮生琐忆》等著作。

一

陈云昭：在苏州上学那段时间，你的阅读怎么样？

莫砺锋：那个时候初中，中学的语文老师很好，教得非常好，把大家对于文学的兴趣都培养了一回。虽然我是学理科的，但对文学都比较有兴趣，课外阅读也是。

陈云昭：你后来的阅读取向，还有职业上的选择和你的家庭有关系吗？

莫砺锋：有一点点关系，主要是跟经历有关系。后来下了农村以后，在农村学，自学理科是不大可能的，学不下去的。我刚下去，开始有点想自学，后来发现，搞不到书。买不到书，也借不到。还有一个就是有不懂的地方，没人指导的话，你就是永远不懂了，不像文科可以自己看。理科是没办法的，一定要有人教，所以后来就停了。停了之后，后来读书就比较随便了，没兴趣了。也没想到要学古代文学，那时候最大的理想就是什么时候能招工，当个工人。知青都是这样的理想，但是也招不上，因为我家庭出身不好，所以也只能种地。

陈云昭：插队的时候，你当时好像读了很多书。

莫砺锋：我反正就是比较喜欢读书，能借到书我就读。但问题是，那时候书的来源是个问题，借不到书。我一直说，假如那十年，农村有一个图书馆供我借书，我可能能读不少书。但是因为没有，所以实际上是出于那种（陈：比较饥渴的吧），对，觉得饥渴，几乎没有书，就是非常偶然借到一本书，然后就开始……书的来源太少。

陈云昭：对啊，那个时候还有手抄书。

莫砺锋：手抄书那我倒没读过，一般的手抄书内容质量不是很好的，我们读完高中了，对那个就不感兴趣了，但是我们能读到的书也很少，借不到。

陈云昭：还记得那个时候有什么书让你印象比较深？

莫砺锋：有不少，包括外国小说，读得比较细有一本苏联编的《欧洲哲学史》，读的时间比较长，读了很多马恩列斯的书。马克思主义的书，一是买得到，书店里能买到的，偶尔也买上一本。

陈云昭：诗歌呢，那个时候也读到一些吗？

莫砺锋：诗歌也读。诗歌是因为耐读，就是你能够慢慢地读，可以读一遍，可以读两遍，读三遍。所以那个时候把它细细地读。我从苏州下去之前，就带了一些书，包括我自己也买了几本，还有从学校图书馆也偷了几本。哈哈，图书馆以前乱得一塌糊涂了，都是封资修的东西。

陈云昭：还记得你当时偷了哪些书吗？

莫砺锋：不是我直接偷的，别人偷的，后来转给我的。有《古代汉语》，是王力编的那个大学教材《古代汉语》，还有《古文观止》、《宋词选》这几本都有。

陈云昭：唐诗有吗？

莫砺锋：唐诗有一本，《唐诗三百首》，还有一本《杜甫诗选》，一本《李白诗选》，但是这不是我一个人的，我们几个同学共有。有一个同学插在张家港，那时候叫沙洲，我们互相交换着看，过一段时间要换。

陈云昭：刚才你说了那么几本书，几乎就决定了你后面的一个研究方向。

莫砺锋：这是偶然。

陈云昭：为什么说是偶然呢？

莫砺锋：那时候乱读一气，我也读了很多其他的书，好像还读过一本有关气象学的书，当时正好有这本书，我就看了。还有《孙子兵法》，呵呵。

陈云昭：当时那段读书的岁月的确对你后来的生活选择影响很大。

莫砺锋：后面，也完全是偶然。后来到 1977 年恢复高考，因为那一届是我们当农民进入第十年了，我 1968 年下去的，第九年已经过完了，那时候才恢复高考。然后，我好多同学留在苏州地区，但是我已经走了，我离开了，我到安徽去了，还在农村，但是留在苏州地区农村的同学，他们几乎还是考了理科，他们都考了苏大的物理啊，数学啊什么的，只有我一个人改行了，不学理科了。我觉得到了 29 周岁再学理科学不好，太晚了，所以我就没考理科，我高考的时候考了一个大学的外文系学外语，但是后来学了一年以后觉得太慢了，后来到大二就考研了，考研究生，就转考中文系了，所以完全是偶然。原来没什么选择，没计划，也不可能定计划，就是你不可能定一个计划我要学什么，因为也许你根本就借不到这方面的书。英语是到农村后几年正好借到一套完整的大学英语，所以这几年都在学英语，高考直接考。就是偶然性的。

二

陈云昭：读到过让你特别有震撼感的诗歌吗？

莫砺锋：诗歌没有，诗歌没有哪一首特别有震撼感的，没有，那是一批，像《宋词选》。

陈云昭：它们给你留下了深刻的印象？

莫砺锋：那是有，我基本上把它们都背出来。那时候读书的方法就是把它们从头到尾背出来，因为书少，那就反复地读。

陈云昭：是不是能够进入它们那个世界呢？诗歌的世界。

莫砺锋：不完全能进入，只是部分地能进入，因为你反复地读，会有一些体会，然后特别是古代诗歌，写的那种人生的挫折感，人生的孤独啊这方面的，正好我们也在农村嘛，也有这种类似的心态，读的时候就很有共鸣，那时候就特别读得进去。

陈云昭：考大学之前呢，有没有真正进入到哪一本书中？

莫砺锋：《论语》。因为我以前一直没有读到过《论语》的全文。原来读过的《论语》就是在《古代汉语》里面有几段，有二十来个截版，都不是全本的。那是在 1975 年左右，那时候政治运动需要，北大的学员出了一本《〈论语〉批注》，应该就是批判《论语》的书，很有意思的。封面上用红字、黑字写的《论语》，后面红字写的批注，然后每一段，全文都有的。孔子说“子曰……”后面一个批判，什么什么反动，什么什么好的。然后拿到这个书以后，因为《论语》全文都在上面嘛，我就读那个原文，不读那个批注就行了。这是第一次读《论语》全文，读了有震撼，觉得真是一部人生教科书，平时很多想不出的道理，读了那个书以后豁然开朗，确实有震撼感。它不能指导现在社会怎么运行，但是它对于人的处事啊，人际交往啊，对待你自己的人生，伦理方面说得真是好，说到家了，那是很有震撼性的。这是我生平第一次和《论语》接触，读了那本《〈论语〉批注》，很感谢北大那个学员怎么想起批注这个形式，把全文都印在上面。

陈云昭：那个时候你能不能读到一些经典，比如说“四书”、“红楼”这些？

莫砺锋：《红楼梦》读到，《红楼梦》“文革”以前我家里就有一套。我父亲买过一套，但“文革”时候被抄走了，《红楼梦》是在高中毕业以前读到，高中毕业以后就没有了，抄家抄走了，以前小学初中读过，家里有那个书的。

陈云昭：现在回过头来看，你觉得在上大学之前那个经历对你有什么影响？

莫砺锋：对于我现在这个行业应该是很重要的，因为我现在基本上是研究古代文学。古代文学有一个基本风格就是一些基本的文献、经典的文本要把它记熟，背出来。那么那个功夫基本上就是背，那个时候正好没事做，英语课时间很多，就拿到一本书使劲读使劲读，最后把它背出来了。现在也没那么多时间接触一本书了，比较散漫。因为你是被迫间断，没时间的。

陈云昭：也就是它可能不单对你的职业有影响，人生态度也有影响？

莫砺锋：它这个就不单是文选，包括经典文化，常常读一些经典的书册，其实对一个人的人生观，然后信仰及人的境界、人的修养都起非常大的作用。其实我们中国古人的学问最核心的内容就是修身养性，你只要把自己的修养，把自己的道德建立起来，这个是最主要的。修身是出发点，有了修身才也有可能造就一些其他事，所以修身齐家治国平天下，它是一个基础，这一步没有了，后面的都谈不上了。有很多事实际上围绕着各个方面都是教你这个规律，就是学知识的，古人学的知识最主要是关于人的知识，这是第一位。

三

陈云昭：你上了安徽大学，到了大二的时候就考研究生了，怎么在大二就要考研究生了？

莫砺锋：当时因为觉得年纪大了，要是按部就班就要读四年了。1977 年高考我 29 岁，第二年上大学正好是周岁 29 岁，1977 年是虚岁 29，然后按照按部就班就要读到周岁 33 岁才能本科毕业，觉得挺慢的。（陈：主要是这个原因。）最主要的不是这个，最主要是咱们系有的同学要提前考研，我是更怕挤不进去，他们有人提出来，因为77级的本科生（陈：当时有个政策吗，可以提前考研的？）……没有没有，没有这个政策，没有明确这个政策，但是他们到学校要求这个，后来学校同意了，我是跟风跟去的，他们都要去考这个研究生。

陈云昭：那当时就选了古汉语？

莫砺锋：没有。因为我想回到江苏来，我母亲他们还在太仓，我就选南京和上海2个地方的大学，这离我家近一点，所以我就选南大、复旦、华师大看他们的外语系的英美文学，因为那时我是英语系，我想考英美文学，但是英美文学那一年招生的几个学校，复旦、南大都是要考第二外语，第二外语我还没开始学。因为安徽大学的做法是要到二年级的下学期才开始学第二外语，你可以选法语或德语，但还没选，那时还没开始。为了避开考第二外语，所以就只能转到这个古汉语系来，是临时转的。那时候是到一个教育厅去查那个招生目录，各个考试科目都需要考第二外语，那我就没办法考，后来就要改。

陈云昭：当时只能考中文？

莫砺锋：没办法，真的没办法。我差点考华东师大去，华师大有一个老先生叫施蛰存，比我们老师还有名，那时我还不知道我的老师是谁，一无所知，施蛰存我知道，因为鲁迅的全集里出现过他的名字，鲁迅骂文嘛，施蛰存还是很有名的。可是一看，它那个考试科目里有一门课《法律文类》，这看了我比较不习惯。

陈云昭：所有的因素综合在一起让你选择了南大。

莫砺锋：是，完全是偶然，偶然地选了南大，偶然地选了我的导师。所以我碰到我的导师以后觉得特别有缘分，因为（陈：你的导师本来也退休了吧？）……哎，他是右派，大一的时候把他退休的，大二才把他请来，我还接他去呢。不光是这个原因，而且还有一个原因是两个人都是偶然学这个古典文学。他解放前那时候家境也比较清贫，他考大学，那时候考的是金陵大学，考的金陵大学化学系，已经录取了，然后去报到。那时一年学费报到时候要交齐，金陵大学的学费各个系不一样，化学系不晓得要多少钱，中文系很便宜，只要 100 块钱不到，所以他临时改到了中文系，他说："哎呀，这么多钱，家里拿出来很困难，能不能改报中文系。"他们说也可以，那就改报了中文系，所以他临时转到中文系。我也是希望学理科的，七弄八弄就变中文系了，所以我们师生以后把这称是前世的缘分，非常有缘。

陈云昭：正好你也是他培养出来的第一个博士。那上大一的时候，在安徽大学读大一的时候，那图书馆肯定是有的吧（莫：有的有的），那么对你来说的话，这个阅读量肯定会一下子上去很多。

莫砺锋：就是赶快去看我想看而未看的书，就是雨果小说，老听别人说雨果小说写得好，然后他的书一本也没读到过，所以大一第一个星期就去借雨果来读。

陈云昭：还有呢，还有哪些？

莫砺锋：最早就是读雨果，后来读古典和民族的像《牡丹亭》、《西厢记》，之前我也没读过，也去借些来读。我在安大一年级读课外杂书费了不少时间，一年级的课也简单，就是一些语法，非常简单，主要是语音，老师现场给你校这个语音，因为学生学了千奇百怪的语音，都不准确的（陈：各个地方的都有），就是说山东 English，芜湖 English 都不一样。

陈云昭：你是八几年上南大的，八二年还是八三年？

莫砺锋：我七九年就到南大了，七八年填南大的，七九年再考到南大的，在安大待了一年，一年多一点。

陈云昭：当时南大是怎么样的一个氛围？

莫砺锋：南大，南大还不错，当时正好是匡亚明做校长嘛。当时南大地位不高，在全国还没有排到前十去，就是教育部认可的重点大学，南大还不算，南大是后来才上去的。因为解放后，那儿一直是地位比较低的，它原来是中央大学，中央大学有意无意地被压，所以一直不高，后来是靠匡亚明，后来还有一个校长叫曲钦岳，他们两个人在那个时候做得比较好，后来一步一步上去。

陈云昭：进入八十年代以后，中国那个时候正好有文化热了啊，那个包括西方很多小说、哲学，都进入中国，这个时候你的阅读是不是更专业一点，在方向上。

莫砺锋：对，到南大就很专业啦，因为你学了这个，有专业以后，你专业本身这个要读的书太多啦，所以你就不能像在安大那样读很多课外书，时间上不够，就只能读这边的书，其他的书读得就相对少一点。

陈云昭：这个时候可能你想读那样的书就容易多了。

莫砺锋：书倒是有了，想读什么就有。不像在农村，没书读。人就是很矛盾的，农村时候呢，有十年没书，后来有书了，你又没时间。

陈云昭：从学生这块来讲，你当时感觉，南大的学生，他们的阅读比较倾向于哪一块呢？

莫砺锋：相对来说有一些热，八十年代是有一些热，有一阵萨特比较热，大家都读萨特的书（陈：那时全国都热）。然后国内也有这样一些像李泽厚、刘再复，他们的书大家都读，大家都看，但是都是一阵风，没有萨特长，过一阵大家不再读了。

陈云昭：程千帆（莫砺锋研究生时的导师）教授会规定你们看一

些书吗？

莫砺锋：规定，《四库全书》这是规定要读的，以前我们都没读过，进校以前谁也没读过，他是规定一定要好好地读，这种目录是基础的书。

陈云昭：那么他有没有要求你们说，读一些跟诗歌研究上没有关系的书。

莫砺锋：历史学。

陈云昭：你们估计自己定了一个一系列的这样一个书目，之类的……

莫砺锋：这倒没有，他除了规定少数的书，其他的都自己去读吧，反正基本上就是因为我们研究唐宋，就是唐宋时代的历史，《新唐书》、《旧唐书》，《资治通鉴》的“唐鉴”部分，然后是宋词，这个是肯定要读的，他也主张朝前，你搞这个时代，这个时代以前的都要。他认为后面的不一定，你搞唐宋，元、明、清可以少读一些。唐宋以前那个南北朝、晋代一定要读，那个源流前面的一定要照顾到，后面的也就读不完了，太多了。后面读不完了，不可能了，任何人都不可能读完了，书太多了。唐以前的书是可以读完的，它是有限的。

四

陈云昭：我看你从出第一本书到现在，好像出了很多书啊。十几本了。

莫砺锋：大概有十一本了。

陈云昭：其中有没有你最喜欢的一本，比如说你特别钟情于哪一本？

莫砺锋：我最喜欢的可能不是学术书，不是学术研究的书。我可能比较喜欢我的那本诗话——《莫砺锋诗话》，我比较喜欢这一本。虽然写得很快，很匆忙，但是我还是比较喜欢这一本。

陈云昭：它原因是不是因为你觉得它写得更自由一点？

莫砺锋：对，因为它不是学术研究，没有那个什么所谓的规范、制约，不需要加注解不需要验证。

陈云昭：可以加更多感觉性的东西。

莫砺锋：对，这个可以跟自己的生活经验结合起来。我也谈诗歌，完全是我个人阅读的一些感受，不是去论证什么的。其他的书，是作为一个研究者来说，这本书作为一个读者来说。

陈云昭：我也注意到了，你写了很多关于杜甫的一些书，杜甫是不是有什么特别的东西来吸引你？

莫砺锋：这可能还是因为人生经历吧，像我们这种人生经历，经过"文革"的，可能会觉得杜甫跟我们更亲近一些。李白距离我们远，杜甫距离我们近一些，杜甫距离我们普通人比较近，李白有一点不食人间烟火的样子，比较超脱，飘逸。一般普通人的生活没那么超脱，所以杜甫更近。

陈云昭：对，你写了杜甫评鉴，还有很多关于杜甫的诗评之类。

莫砺锋：对，我在学校里也只开过杜甫的选修课，从来没开过李白的选修课。

陈云昭：对，我也好像注意到了，也有很多其他读者想问你的这个问题，你好像谈李白的很少。

莫砺锋：我也很喜欢李白，但是总觉得作为一个研究的对象，当然他和杜甫是平等的，一样的，但是作为一个个人化的选择，读者的选择，我有权利，我喜欢什么我就读什么，这我就觉得杜甫更亲近于生活。

陈云昭：我最近这一两年也看了一些宇文所安的一些书，他写的《初唐诗》、《盛唐诗》，还有《晚唐》吧。（莫：他以前他好像有七八本书翻译进来了吧？）对，好几本书翻译进来了（莫：《迷楼》、《追忆》，还有一些），你对他的这些作品，有什么总体的印象吗？

莫砺锋：我没有全部读过，有的后来实际上也没有好好地翻过，《初唐诗》还好，因为我当时写一本书点评过它，书评一定要熟悉人，我认识他，我在哈佛时候见过他。我一九八六年去哈佛访问，他正在东亚语言文学系。

陈云昭：对他的《初唐诗》、《盛唐诗》有什么样的感觉？

莫砺锋：我觉得很清颖，写法跟我们的不一样，比较细致。他不受我们的框框限制，中国人写文章都受我们传统观念的限制，大家一般不敢太大地超越，他就是不管你们怎么说，他自己想怎么写就怎么写。他会有一些比较新的想法。

陈云昭：在方法上有借鉴吗？

莫砺锋：我后来没有借鉴他的，但是我是肯定觉得他是比较新颖的。宇文所安他比较喜欢是那种所谓细读，细读法。他倒不是那种什么结构处理啊什么，那个不是，他就是细读文本，但是那个细呢，有时候也会钻牛角尖，钻牛角尖就比较求知过剩了。

陈云昭：你主要还是通过什么样的路径来研究？

莫砺锋：我基本上就是传统的，首先是程应雀说的“大夫理解是同情”，古人的东西，你一定要理解它，要同情它，要设身处地站在他那个境地来考虑问题，不能用现在的价值观来要求它，这是不可能要求的。第二就是，应该还是从文本出发，从一个基本历史事实和文本本身理解出发，不要走太深的太新奇的理解，我觉得越是离奇越是新颖的结构往往会离事实太远，你个人的东西加进去太多了，它本来没那么复杂，你把它说得太复杂，太深奥，其实没那么复杂，我一般主张比较平实的一种方法。（陈：就是比较注重文本？）对，注重文本，但是不追求太深层的这种求解，这有一种所谓的过度阐释，我反对过度阐释。

过度阐释比较容易导致那种新的见解，但是有的时候不可靠，你要具备古典，古人一个传统是怎么想的，不大可能一个人偏离传统那么多，不大可能。他只能生活在传统中，受传统的制约。

陈云昭：对，宇文所安往往创造一个他们的对象，就是说，比如说他讲初唐诗、盛唐诗，这里面有一个不断变革的一个过程，就是说有一些新的诗人，把前面的东西可能有一个推翻，往前有一个前进。

莫砺锋：这个是，大致上也是对的。但是，西方人过分强调了这一点，那么我把它归结为一种“弑父情结”。好像一定要干掉上一辈，我们才能重生，这种强烈的敌对情绪，其实中国古代没有，一般还是学习，模仿的比较多，但也要创新，并不是要把前辈完全推翻然后再努力，没有这么强烈，不像他们说的那样强烈。因为他有的地方说得过分了，他有时候总结一个规律，说初唐诗分三段论，分三段的结构，有的是大量的反证，不是三段。有三段的，有非三段的。他那个过分强调一个规律性。因为诗歌本身是随意性的，每个写的人都想创新，不大可能遵循一个规律，发展到一个公式，大家都这样写，不可能的，一个诗人都不可能遵循一个公式，不要说那么多诗人了。他比较是喜欢提炼一个公式出来，我觉得那个公式有问题，只能说明一部分情况，不全是。他在《初唐诗》里面比较做了片刻赏析，那个《初唐诗》的三段论，我就不大同意这个观点，其实不是三段，而且好多诗都不是三段。

陈云昭：这个跟他们……可能一个大的治学思路是有关系吧。

莫砺锋：他喜欢把一个东西弄得很有体系，中国人的习惯是比较随意的，所以有一点不一样，对《初唐诗》和《盛唐诗》我写过一篇很长的文章，大概有一万五千字，点评这两本书，里面也说了它不少的缺点，特别是硬伤，我觉得硬伤很头疼，里面典故解错了，词义解反了。宇文所安毕竟是外国人，我们自己的书也会出错，不要说是他了，所以这个也是情有可原，但是有错就是有错，国内有的人太崇拜他了，哈佛大学的汉学大师啊，好像他是肯定不错了，其实也有很多错。

陈云昭：与这些外国同行相比，我们中国对唐诗的研究，目前处于什么样的水平？

莫砺锋：这一点，多少年来唐诗研究者们应该说最大的成绩在于文献的研究，文献更加完整了，或者真伪区分变得更加充足了。还有一个就是诗人生平研究得非常好，现在唐代诗人生平基本上都搞清楚了，如果现在还没搞清楚，基本上就很难搞清楚了，能搞清楚的差不多都搞清楚了，这一点很有进步。但是文本解读、评价进步不是很大，这方面可能本来余地也不大。

陈云昭：就是跟学者们对它们不太关注有关。

莫砺锋：也关注，这个确实也很难，像闻一多对于某些文本的解读，我们虽然现在过去半个多世纪，但是你跟他比，进步不大，他本来水平就很高。不像《红楼梦》那种鸿篇巨制，唐诗一般就是几十个字一首，你说能得出多少，所以这方面不是有太大的进步。有是有的，但不是很多。听起来比较明显的有时代特点的感觉是诗人生平研究，还有文献之类，这肯定是超越前人的，比前人掌握得更细更深层，更准确。

五

陈云昭：你怎么看今天的这个中小学的诗歌教育呢？

莫砺锋：那个我觉得不宜强求，这个东西也要培养兴趣。学校怎么培养他的兴趣？如果这个孩子他自己有兴趣，自己去找个书来读那就好了。你不能说学校语文老师布置他要读什么书，强求的东西不一定会有很好的效果。这个我倒不主张，现在有的地方好像开展古典诗歌进校园啦什么的活动，这个不是太好。可以读，但是不能用这个外在的一种要求，应该要培养他们的兴趣，组织一些兴趣小组啊或者是什么，把他们培养成自己有兴趣，自己来。古典诗歌以前就包括在我们的语文教学中，语文教学氛围后来就越来越少了，砍掉了，应试了。在中学语文阶段应该是比较失败的，把这个文本的网络支离破碎，都到中学语文老师那样的分析，这个文本掌握的就没有了，学会了那些以后，文章都不会写了，句子都不会造了。

陈云昭：是不是当代中国人跟诗歌的确也有点远了？

莫砺锋：对啊，整个生活，有点远离，不光是远离生活，它毕竟是一个纯精神的东西，跟物质层面的各个部位远离。

陈云昭：那作为诗歌学者，你会不会对这个现象失望？

莫砺锋：我觉得也是正常的，这也是一个短时间的，不可能长久这样子。在长时期的那种禁欲主义，一旦销声，大家可以发财了，可以挣钱了，可以来讲物质享受了，那必然会过热，过分得像暴发户一样。但是过了这个阶段以后慢慢地会有变化，你看暴发户都这样的，西方的暴发户，那个巴尔扎克小说里的人，那个所谓的资产阶级，一开始都是钱钱钱，全是，巴尔扎克写的全是吝啬鬼，全是守财奴，但是过了这个阶段以后慢慢开始培养文化趣味，他去追求高品位的精神生活。所以一定会变。中国现在还处在这个阶段，这个时候你就要求他来读诗，就来高品位，现在还没过那个阶段，还有很多人还没发财，所以全社会追逐财富。但是慢慢地肯定会过去，但是不能完全放任自流，有时候社会上应该有一批人来呼吁，来指出来：最终的生活追求还不在这里，这个不是最终的，不要让大家以为到了这里就完了，不是的，有更高境界，应该要提出这一点。

陈云昭：你觉得今天的人看一首古诗和那个时代的人看一首诗有什么不一样？

莫砺锋：那真不一样，我们现在与这个真实生活的环境距离得比较远。

陈云昭：他们是不是比我们更容易进入这个生活呢？

莫砺锋：他们更容易产生共鸣，他就生活在那个环境，宋朝人读唐朝诗，那个社会生活没什么大的变化，基本上差不多，整个的伦理价值都没怎么变，读起来就容易进入，所以宋朝人对唐朝人的变化基本上停留在技巧上面。写诗的技法，但是诗本身它的价值不变，还是一样。而我们今天距离比较远，首先读的时候要重构一个诗的环境，这个环境现实生活中那已经不存在了，环境自然地破坏掉了，青山绿水完全不在了。现在没田园生活了，都工业化、城镇化了。你只能想象、虚构，然后再来重构那个环境。

陈云昭：你的意思就是说，我们现在的人读一首古诗，变得越来越困难。

莫砺锋：有一定的难度，但这个是必须做的，不做你就没法读懂，而且应该是那种生活是更美的。我们现在的生活粗鄙化了，很粗糙，不雅致，不从容，这个人生实际上是没有意味的。

陈云昭：那我们现在的提倡去走进古典诗歌，读诗歌，那又有一些什么样的意义？

莫砺锋：还是有的，就是告诉大家在纯粹的物质生活之外还有一种比较雅致的精神生活，那个恰恰是比较好地展现在唐诗宋词里面，它在里面展现得比较完整，那个才是比较好的、潇洒的，应该是幸福的，而且有美感的一种人生，现在的人生是没有美感的，这个人生，你不管是过得穷也好富也好，美感都荡然无存。

陈云昭：这不单是我们的环境，还有我们的教育也有这个问题，没有美感在。

莫砺锋：全都功利化，小孩从小学什么东西都是为了功利，学钢琴本来很好，但是想着考级，考级之后升学什么的，家长也是这样，你考多少级，上好的中学，就完全是功利，本来是个艺术的东西，弄得它面目全非了，这个生命就被阉割掉了。

陈云昭：从一个普通读者来说的话，你是怎么来看一本书，打个比方啊，你怎么来读王维的诗歌？

莫砺锋：王维的诗歌我当然很喜欢，应该说也是就事论事，就作品论作品，一首一首看，这一首它展现了细节性的一个小的环境。他一般的是终南山，安静的一个小山村，我最喜欢他的是田家这一类，是一个小村子，农民很淳朴啊，在那里生活，安静、安宁。我在农村生活的时间也比较长，我觉得那里的生活确实也比较有诗意，基本的生活诉求，生活能够达到温饱以后，这种生活也是很好的，我比较喜欢这一点。

陈云昭：你会把握一首诗的诗意，去读它？

莫砺锋：会，有时候作为一个整体来分，更适合是作为一个整体来分，王维这个人，可能是把他的作品一首一首拿出来，喜欢他是哪些，不喜欢是哪些，这样子，那整体的一个人物我不是太喜欢，亦官亦隐的，又做了官僚又做了隐士，到农村去也是居高临下地看着农民耕作。

陈云昭：那杜甫里面你最喜欢哪几首？

莫砺锋：都很喜欢，特别喜欢的可能有一百首左右吧，我很喜欢，大概十分之一，他一共一千四百首。

陈云昭：有什么书可以给读者们推荐一下？

莫砺锋：那个施蛰存的《唐诗百话》，它是专业研究者写的，但是我也觉得一般读者读也很好。

陈云昭：你觉得小孩子看哪一类的选本比较好一点？

莫砺锋：好像我到现在还没看到一个最好的选本，我想自己做一个选本，给中小学做一个选本，还没做好。

陈云昭：《千家诗》如何？

莫砺锋：那个《千家诗》不好，《千家诗》是南宋人为了当时的小孩子选的，不适合现在的儿童。当时来看比较通俗，同时也有一点点俗。古典诗词真正有价值有意义的东西，它基本上都没选，它一般选杜甫的《江村》啊之类的，比较容易背诵，但不是一个好的选本，但是你要学写诗的话，平平仄仄那个调，比较容易领会古诗词的那种韵味，但是不是一个好的选本，可以读《唐诗三百首》，真正把它去掉一二十首就行了。

5. 马家辉：我活得像羊吃草

采访／陈云昭

马家辉，传媒人、专栏作家、文化评论学者。曾任台湾华商广告公司文案企划，台湾《大地》地理杂志记者，《明报》世纪版和读书版策划顾问，凤凰卫视、有线电视、香港电台节目主持，尤其经常出任凤凰卫视的《锵锵三人行》节目嘉宾主持。现为香港城市大学中国文化中心助理主任，亦为台湾及香港报刊专栏作家，并有多本著作结集出版。

我在从南京到江阴的车上完成了对马家辉的采访，期间经历燥闷、口渴、瞌睡、打进来的电话，以及汽车内部或外部无休止的噪音。这是一次完全“开放式”的访谈，由于诸多“干扰”因素散布在周围，任何一个小因素的偶然袭来都会使这次访谈走向另一个方向。所以认真看完这篇访谈的读者难免会有这样的印象：无论提问者还是回答者都好像只说出了“半句话”；每到接近问答的“深领域”就会戛然而止；问答的节奏时快时慢；由于问答的思绪过多，遂产生过多的读解方向。这显然是一次未完成的访谈，未完成的部分只能由读者自己来完成。

“之后做事就会想有没有必要把自己绑住……绑住了我比较容易做一个好人。”

陈云昭：你说过你女儿也特别热衷阅读，刻意培养过她的阅读习惯吗？

马家辉：没有特意去培养过她，她在这样一个“变态”的家庭里成长，她就会“变态”。从小在美国也好，在台北、香港，三口的活动基本就是看电影，逛书店。她自然就会这样，还有女孩嘛，会受妈妈的感染。我太太就是整天喜欢抱着书看，耳濡目染自然她也会。

陈云昭：你们会讨论吗？

马家辉：讨论会啊，大家看书不一样，很难说是讨论，就是交谈。而且我女儿现在又不一样，她主要是看英文的，爱看外国的作家的一些东西，很多她都会比我懂。所以也会互相说哪个书好看，或者是什么的点点滴滴。她倒是有一个令她对小说特别着迷的关键点，八岁还是九岁的时候，她妈妈在读《哈利·波特》，然后她看几页之后就特别着迷。之后她就很迷小说，一两千页的英文小说，她一个月会看完。她爱看小说，是个很奇怪的女孩子，所以没有朋友。你说香港谁跟她谈啊？她连刘德华是谁都不知道，容祖儿是谁都不知道，也没兴趣知道，谁跟她谈啊？谈来谈去都是国外的东西，汉奸似的。

陈云昭：作为读者，你本人最喜欢自己写的哪一本书？

马家辉：自己的东西每一本都有感觉。我有一本叫作“在废墟里发现魔法”的评论集在大陆还没有出，我最喜欢了。我现在不在那种状态，比较懒散，写不出来了。那些旅游的书，每当我自己重新看都感觉是历历在目，像我刚刚说的那本书《日月》，是我在读博士班的一些生活记录，也有游记。其实这个问题也应该倒过来问，我哪一本最不喜欢呢？我出过一本小说，那小说的每一篇都讲的是两个老头的对话，用广东话来写的，讽刺的是政治。那个我就觉得搞笑，无厘头。写得太粗糙了，出版社的朋友说要出版就出版了，那一本最没有感觉了。

陈云昭：在美国的那段时间是不是读了大量的外文书？

马家辉：那当然了，工作需要。

陈云昭：那在那段时间里，有没有让你印象特别深刻的阅读经历或某个作家的书？

马家辉：那是我们专业里面的东西，我是读社会学的。没什么特别经历，印象深刻的太多了，因为我们那个大学的社会系是全美第一名。我的老师叫作波特，他搞马克思理论，搞阶级理论。我修他的课，他当我的指导老师。他的书，我读每一本每一章我都觉得印象深刻，很清楚。特别是他的一篇写为什么会选择来到威斯康星教书，我很感动。他的水平很高，全世界的大学都找他教书，他都没有去，他就选择来到美国中西部这个大学城来教书。因为他知道只要他去别的大学做研究，肯定要花很多时间去跟人家辩论，可能会忍不住放弃他对马克思的崇拜和认同，所以呢，他先选择来到这边，让自己免掉了其他的诱惑。他这一段心路历程，对我影响蛮大的，让我也免掉一些诱惑。他举了一个神话的例子：主角就是在上船时，让其他的水手把他绑在船尾，他说因为我知道前面会有一个女妖来唱歌，她一唱歌我们都会跳到海里面死掉。所以呢，我就预先把自己绑住，所以自己就跳不了了。果然，那个船到海中间，女妖就出来唱歌了。美妙的歌声，其他听到歌声的水手就跳下去死掉了，他也想跳，但他跳不了，因为他被绑住了。所以呢，他用这个故事来比喻他的选择。这个对我后来的影响蛮大的，之后做事就会想有没有必要把自己绑住，往往我不绑住的话，会更惨，会受不了种种的尴尬和诱惑啊，绑住了我比较容易做一个好人。

陈云昭：文艺类的呢？

马家辉：文艺类就是张爱玲她们，那都是很早期的了。

陈云昭：现在在阅读上的这个比例是怎么安排的？专业书籍读得多吗？

马家辉：专业书读得少，我这两年比较集中在我感兴趣的两类书上。一个是在抗战时期关于汉奸的问题上，一个是最近关于旅行写作的问题上。

陈云昭："旅行写作"已经成为你的一个题材的考虑了吗？

马家辉：对，对国外的旅行写作，特别是从后殖民理论去看的旅行写作，欧美世界的来龙去脉，跟它们的帝国主义之间的关系。我想做一些研究。

陈云昭：你最喜欢的书店还是美国的那家"人民书店"吗？

马家辉：对对。

陈云昭：当时为什么很喜欢这家书店？是因为感觉吗？

马家辉：年轻嘛，它是独立书店，里面只卖一些左派的批判的一些书。年轻嘛，年轻特别支持边缘的东西。像村上春树不是有个名句嘛：“若要在高耸的坚墙与以卵击石的鸡蛋之间做选择，我永远会选择站在鸡蛋那一边。”年轻很有这种感觉嘛。

陈云昭：支持弱者这种感觉吗？

马家辉：是支持边缘独立、批判这样子。

陈云昭：那到现在为止，你应该看过很多的书店了，有没有比较喜欢的？香港有没有？

马家辉：有的，各有特点。主要在于你懂不懂得欣赏。

陈云昭：内地有你喜欢的作家吗？

马家辉：有啊，有好多。刘震云《温故一九四二》，很多的，数不胜数。大陆的评论作家我感觉他们的包袱比较重。

陈云昭：你突然提到评论作家？我想问一下大陆有评论作家吗？

马家辉：有的有的，许知远、熊培云他们都应该算的吧。

陈云昭：介绍到大陆的香港作家和介绍到香港的大陆作家好像有很多的“不对等”？介绍到大陆的香港作家主要集中在评论啊，生活啊，美食这方面的。

马家辉：香港没什么作家，香港是个小城市嘛，一个北京的人就比它多，相对来说，出那么多不同类型的作家已经不容易了。很佩服香港写作人的坚持，因为在那边你获得的掌声和现时回报又低，你还选择走这条路，那表示你还是有你自己的想法。

“看着太阳升起你会发现整个草原是全新的。”

陈云昭：去过很多国家、很多地方，有没有什么地方让你特别想再去的？

马家辉：有一个地方我会特别想去，就是去年我去的蛮好玩的地方。我和于丹一起去的东非和土耳其，去过东非的一个小地方，做梦都梦到过两次，因为那个体验蛮舒服的、蛮特别的。住在草原，然后住在很豪华的帐篷里。早上五点钟天还是黑的时候就被叫起来喝咖啡啊，抽雪茄啊，然后坐着吉普车在草原里走，看着阳光一点点出来，太阳在你眼前从整个草原上升起，不仅仅是美，还有大自然的那种神奇，看着太阳升起你会发现整个草原是全新的。草原上都是动物，像大象啊，鹿啊，一群羊啊牛啊，那个时候你会觉得你真的就是大自然的一部分，所以呢，早上的体验很深刻。另外就是去土耳其的伊斯坦布尔，那个是亚洲跟欧洲的分界处，那个感觉蛮对我胃口的。就是一个人到处转，坐在路边的咖啡馆，吃烤羊肉，羊肉串，喝咖啡，抽雪茄这样子，给我的感觉非常好，那个地方就是我非常想去的。我打算今年七月吧，带着我的女儿，不知道她有没有空。

陈云昭：我看过你写的那两本关于旅行的书，有的地方着笔比较多，有的地方就会少一些，使你着笔较多的一般是什么原因呢？

马家辉：可能就是有些好玩的事情发生，我就会写多一点，因为假如你心里想着的是《温柔的路途》的话，中间有一部分是我二十来岁当记者时写的，那是很久的文章了。二十年前了，那时候是替一个地理杂志写的，每篇都要八千字，一万字的，看了好多材料。像缅甸的某个城市有多少人口啊，什么时候被英国占领的啊，都会写在上面，因为那个时候我是个专业的记者。后来我就是有经验有感觉才会写。像埃及啊，我们一家三口去过，但那一次因为时间来不及安排，就跟旅行团去了，一点感觉都没有，每到一个地方看十五分钟，一群人就像买菜一样，所以我就几乎没有写过埃及，我都随便写几笔，因为没有感觉，所以有感觉有经验我才写。我不会像一些专业的旅行作家，他们找一个地方，把那个地方看透、玩透，下笔时什么都写，又引用它们的历史悠久，那个部分我二十多年前做过的。目前这个阶段没有做，可能下个阶段会做的，这一两年可能会离开大学的工作单位，之后，老了嘛，半百老翁，过自己的日子嘛。

陈云昭：在一次访谈中提到你的许多旅行是为了你女儿，是为了不想让她成为一个城市中的乡下人。

马家辉：旅行一是开眼界，再一个跟着我和她妈妈一起可以面对一些问题，比如迷路啦，面对情绪啦，发脾气什么的，这样就是能够彼此间更清楚地看清楚自己。我们这样做是做啦，但不一定有效果，她妈妈太宠她了，我女儿的妈妈就是对所有事情都无所谓的那种，就会很宠她，当然也会宠我。把她都宠坏了，这样很不好。我有想过把我女儿骗来大陆，收走她的身份证，让她待在大陆一年，学会独立，我有这样的计划。

陈云昭：你独自出行的旅游多不多?

马家辉：我很少旅游啊，都是工作，真的旅游的话就是带着太太小孩，不然的话平常都是工作。我有一个 trip 就是工作的一个项目，我来过南京四次，就昨天才跟朋友小小去了趟秦淮河畔，就待了两分钟，受不了，人太多了。其他什么都没去，总统府，玄武湖都没去过。去年五月我跟着何亮、梁文道，哪里都没去，就三场演讲。然后晚上就和苏童、毕飞宇、何亮和梁文道在一起喝啤酒、聊天，作为男人，我们认为聊天比上床快乐，这是我们聊了一个晚上共同得到的。

“王晶和王家卫是整个电影产业的共同体。”

陈云昭：在《江湖有事》和《明暗》两本书里面提到的内地电影并不很多啊？

马家辉：对，没机会看啊，最近几年机会比较多。这两三年每年我都担任《南方都市报》的那个华语电影专栏主持，华语传媒电影大整合，就比较有机会密集地看，其他没什么机会。唯一的机会就是去深圳的时候买些碟，进出的时候会容易被人认得，很尴尬。有时候派我老婆当“黑手”去买，可是到最后买了她喜欢的，我的没买。所以没有机会看。

陈云昭：有印象吗？对内地的一些看过的电影，印象深刻的有吗？

马家辉：《千钧一发》。我很喜欢这几年的片子，这对中国的电影是有发展的，像《金陵十三钗》啊，《唐山大地震》，我觉得很流畅，可以拍出中国的一个好莱坞的娱乐味道。那个对整个电影是有好处的。我们看台湾就知道了，台湾的电影业有一阵子很低迷。为什么呢？有一个很关键的地方，每一个搞电影的年轻人，都想当侯孝贤，都想当蔡明亮、杨德昌。所有的电影拍得都非常非常地看不懂，不是说你想拍就能拍得了的，你得有那个才情，结果呢就变成电影和市场脱节，养不起这个市场，所以说到最后也没有钱让那些年轻人去拍那些艺术电影。相对呢，香港为什么会有王家卫？因为有王晶。我经常这样说，有了王晶那么庸俗的电影，周星驰啊，还有种种的黄百鸣啊，等等，整个市场养起来，整个电影产业养起来，让那些老板才能够有信心去支持拍一些可能市场上很有风险的电影。我举个例子啊，许鞍华前两年的《天水围》啊，是王晶当老板拍的，给他一百万，让他出一个成绩。假如王晶根本没有拍出其他的一些好的、市场反应乱七八糟的片子，哪来的钱让许鞍华拍啊？其实王晶和王家卫是整个电影产业的共同体。那么台湾就像我刚刚说的，他们有太多的想做王家卫，或者说想做王家卫的人，没有王晶怎么办？所以做不起。这两年还好，像现在台湾的一些年轻的导演，他们能放下包袱。

“每个人有自己的困难。”

陈云昭：你写过很多关于游记的书，有两本还是三本的？

马家辉：旅行的一些游记严格来说不止，比如这几年出的《日月》，它有两个部分：在美读博士班的一些记录、笔记，还有游记。再一个是《明暗》，主要是看的电影。我写过很多评论，在大陆全部出不了，让人家觉得马家辉只会写软趴趴的东西。

陈云昭：在跟内地出版社合作时，也遇到过出不了的情况？

马家辉：在上海的城市里，有一个大规模的出版社居然说我的这个评论可以出，说只要修改下。

陈云昭：目前在大陆出的几本书，有没有被出版社删节的部分？

马家辉：也有的，因为大陆很好玩，全世界都一样，有些删节是因为审查的单位有要求，有些只是因为出版社自己的判断。判断嘛，每个人不一样，有的人比较宽，有的人就比较窄，像有些文章，我在上海出的书里面有登过，后来在北京这些文章就不行。我说没有道理啊？上海都可以出。很多时候我觉得百分之七八十是出版社的各编辑判断不一样，有的是过度谨慎。不过人家的工作是养妻活儿的，为了出你的书而丢了工作，老婆谁来养啊。所以我也没办法，通常在他们提出意见之后，我会提出反意见，他们接受就好，不接受我也不会坚持的。

陈云昭：那么就是说你也会妥协，是吧？

马家辉：我不是妥协，我是体谅。因为谁不想当英雄啊，可每个人有自己的困难，而且很多时候，他们的一些判断、一些限制，通过沟通都是可以的，主要是沟通，所以我不会用妥协两个字，大家那个配合、体谅这样子。

陈云昭：台湾有一个作家叫蒋勋，他有一本叫“孤独六讲”的书，此前有大陆出版社想出《孤独六讲》，但要把“情欲孤独”和“暴力孤独”去掉，改成“四讲”。他就没同意，然后直到最近两年，出版社同意不删了，他才把版权放到这边来。

马家辉：因为每个人有每个人不同的做法，因为我们要具体看是删什么。《孤独六讲》里面有什么值得删的吗？我匆匆看过，以前我看过台湾版的，有哪个部分要删吗？

陈云昭：可能当时的那个出版社就觉得有一些“孤独”还不方便和大陆读者公开讨论吧。

马家辉：嗯，对啊。可能每个人的选择问题，因为有时候配套来看，有的先不出以后再出。当然，有他自己的判断。香港有个非常重要的女作家，叫黄碧云，写小说的。大陆有好多女文青很爱她，她的小说不容易看得懂，很忧郁，然后句子很长，三百个字没有逗点这样子。可是写的文笔非常动人啊！大陆有好多她的文青读者，香港也是，可是她一直不肯在大陆出书。我跟她很熟，熟到几乎有绯闻的阶段，去年，我替北京的一家出版社跟她认真地谈出书，她还是一本都不出。她的逻辑就是，比方说，她的有些小说谈到大陆避讳的内容，她说你一定会删，只要我一出，就等于认同了你的审查制度，就会完全地分离、决裂、没有关系。这是她的选择。我觉得每个人的选择除了你的环境，你的条件考虑，还有你的性格。她是一个很有意思的人，大学里就开始拍裸照，然后后来写作当记者，再后来又跑去读法律，当完律师一年之后又不干了，然后她有条件，她的丈夫是个法官，她又去西班牙学跳舞画画，现在长期住在西班牙，就是说她有她的个人的选择。我觉得我们也很敬佩她对自己的原则的支持，但我完全不觉得这是唯一的选择。

陈云昭：梁文道几乎所有的书都是广西师范大学出版社出的，你的选择好像和他不一样？

马家辉：我没有，那时候他们一直找我出书，但后来缘分还没到吧，我是个很迷信的人。本来去年，他们的“理想国”叫我赶快出书，然后去北京参加“理想国”的活动。因为一些沟通的误会，后来我就推了，没有去。所以我跟广西师范大学出版社缘分还没到，没有出书。

陈云昭：你最近的那本《温柔的路途》是山东画报出的。

马家辉：山东画报出的，那两本书出得很失败，我太贪心了，我把太多的东西放进去，那个字太小了，要用放大镜来看，然后书价太贵了。张爱玲的卖25元，马尔克斯也卖28元，村上春树也卖29元，我怎么可能卖50元呢？

“我活得像羊吃草。”

陈云昭：写作，出书，做讲座，你还做电视嘉宾，电视主持，经常处在这种不同生活角色间的转变，会不会有一天厌烦这样的生活？

马家辉：不会吧，应该是说从一开始就厌烦了。你不管做什么工作，总有高低潮的时候。厌烦之中也有好的，当你厌烦的时候加把劲吧，找些好玩的事情。当你做得高兴，可能你就会觉得累了，就会想休息一下。总是这样的。就打个比喻，我们这种工作形态、工作性质就有点像是羊吃草，吃草是羊的生活，也是羊的工作，是羊的娱乐。我们都混为一体了。所以说，你如果说有厌烦的时候，那往往不是因为工作而来的，那是对生命的本质，本能充满烦恼。谁不苦，所以梁文道应该去出家。

陈云昭：那最适合马家辉的是哪一个身份呢？写作，出书，讲座，旅行，电视嘉宾，电视主持？

马家辉：都适合，因为都是我的部分，每个人都一样，每个人都是复杂的。只不过我们这个行当比较有机会发挥起来，有机会让我们去看见多元的自己。其他的行当其他的工作可能没有办法让你去面对多元的部分。所以都适合我的，每一个工作上都有它的不一样的特点，不一样的我的头饰。像我在凤凰卫视香港台，我有一段广东话的五分钟的节目，我可以在那里畅所欲言。做演讲面对大家，在课堂里面对学生。在课堂上你会看到两眼放光的学生，这会让你很有感觉，也是会对自己的一些抉择有影响。其实这个问题应该反过来问，哪一个工作上的东西会不适合我？那么我会说，在大学除了教书，还会弄一些课程上的规划，那些就不适合我，因为我是个蛮粗心的人。不善于这种，也没兴趣于这些。既然你在那个工作岗位，你就要去做。

6. 许纪霖：『书读完了』

——许纪霖访谈

许纪霖，著名史学专家，主要致力于20世纪中国思想史和知识分子研究，其研究成果在国内外具有重要影响力。华东师范大学紫江学者，教育部人文社会科学重点研究基地、华东师大中国现代思想文化研究所常务副所长。主要著作包括《新世纪的思想地图》、《回归公共空间》、《大时代的知识人》、《启蒙的自我瓦解》、《另一种理想主义》、《读书人站起来》、《启蒙如何起死回生》，等等。

陈云昭：你在一篇文章中写到，在上学的时候你没有老师带，就在图书馆里不吃饭地读书，乱读一气，不知道你这样的读书方式会对别人有什么样的借鉴意义？

许纪霖：我觉得现在和那个时候不一样，那个时候是一个我们称之为知识匮乏的时代，就是好书很少，无论是图书馆还是书店。因为那个时候经历过“文革”嘛，很多好书都找不到，所以那个时候叫乱读一气，图书馆里稍微好一点的书都去借来读了。但现在不一样，现在不是知识匮乏而是知识过剩的时代，现在即使是好书也有太多，所以我觉得恐怕现在的年轻人不能像我那个时代一样乱读一气，否则很有可能好书、坏书、平庸的书都一块读了。即使是好书很有可能也没有系统地读，所以我觉得现在读书要有针对性。

陈云昭：你说1989—1999年这十年间是读书界的一个分化，对许多人来说，读书不再为了寻求知识而是消费休闲，这种说法在你个人身上有体现吗？

许纪霖：很少，因为我们是从事专业工作的，读书是蛮有针对性的，现在我很少读休闲的书，因为时间很有限。

陈云昭：那么专业的书之外，你还会喜欢哪些书，有吗？

许纪霖：当然有，好的传记文学作品，比如小说，也会读，但很少，现在越来越少。

陈云昭：你个人读书会有哪些特别的习惯，比如时间、地点？

许纪霖：如果我要读一本好的书，会选择在一个好的时间和空间里，要是乱看书的话我觉得会利用一些“垃圾时间”，所谓的“垃圾时间”它是片段的，比如说你在上海坐地铁。实际上人有很多“垃圾时间”，坐地铁，在路上等车，是吧，像我的许多闲书都是“垃圾时间”里面读的，因为闲书比较好看，垃圾时间里你也看得进，所以我觉得读书要重视这些“垃圾时间”。

陈云昭：近几年很多读者他们开始热衷读一些经典，比如孔子、老子，等等，你觉得造成这个阅读现象的原因有哪些？跟上个世纪大家一窝蜂地读经典有什么不同？

许纪霖：80 年代大家读的不是这些东西，80 年代大家读的都是西方经典，现在大家越来越重视中国传统经典，我觉得这些原因跟心灵饥渴有关系，觉得像“四书”这些经典一部分可以解决人生困惑的问题，跟这个有关系。80 年代主要还不是个人问题，而是整个国家前途的问题。

陈云昭：从一个更大的的范围来说，人类在 20 世纪的阅读趣味与 19 世纪的阅读趣味相比，有怎样的一个变化？

许纪霖：不太知道。19 世纪的阅读趣味我没经历过，我只能说 20 世纪的阅读趣味和 21 世纪的阅读趣味不一样。我觉得现在读书更多注重实用性和休闲，对大部分人来说是这样。但即便是实用，即便是休闲，也有好书和平庸的书，休闲和掌握知识也不是截然分割的，很多知识和做人的道理也是从休闲中慢慢地得到积累，所以即使是休闲的话这个品位也要高一点。

陈云昭：那么对如今存在的一个“碎片化”阅读的普遍现象，你是怎么看的？

许纪霖：我觉得现在是一个知识过剩的时代，最好能够超越这个“碎片化”，能够根据自己个人的需要和趣味稍微系统地读点书，学点东西。这样的收获要比“碎片化”的作用大。

陈云昭：就你的观察来说，一个时代的读者阅读取向和趣味会受到哪些因素影响？

许纪霖：我觉得大部分受到媒体和时尚的影响，因为书太多了，不知道要读什么书，通常是媒体或别人说什么书是好书，然后会去读。大部分人很少自己会去选择读书。从这点而言，所以说我觉得一定要有自我。

陈云昭：从你这个意思来讲我们是不是应该建立一个很好的书评群体，才能够帮助读者更有效率地读书？

许纪霖：书评实际上是形成一种氛围，我觉得最好的书评者应该是读书的人，然后读完以后交流一下自己的心得，不一定说要有一些专业书评作者他们告诉你要读什么书。

陈云昭：现在的读者的确受媒体影响比较大，比如说莫言刚获"诺奖"，他的书立马销售一空，这个是非常不可思议的事情，没获奖之前他的书可能很多人不知道，一获奖了人们立马去买，这个对我们读者来讲可能还是有深刻影响的。

许纪霖：大部分读者都是被动的，但真正好的读者是主动的。好的读者之所以主动是自己能够知道自己该读什么书，能读什么书，这就叫好的读者。他们也具有一定的自信心。他们知道自己需要什么，不会跟着别人走，跟着时尚走。比如说人家一哄而上读莫言的时候，他说我仍然喜欢余华。这就是好的读者。

陈云昭：刚才你讲了知识过剩，好书很多，我也有一种感觉，就是焦虑，就是觉得好书特别多，怕读不完，生怕自己漏了一本，对此你有什么建议？

许纪霖：有很多喜欢读书的人，我给他们的忠告说一定要防止贪婪。对权力会贪婪，对财富会贪婪，对知识也会有贪婪。比如说有些人喜欢买书，但买了根本没时间读，他结果最后占有的不是书的知识，而是书的本身。我以前说过一句话："书读得越多，越觉得读过的书当中的百分之八十的书是不值得买的。"真正的好书也就这些，百分之五十的书是不值得读的，所以读书也是一个修炼的过程，真正会读书的人会慢慢地去选择。80 年代《读书》杂志，有个叫金克木的老先生，他写了一篇文章叫“书读完了”，那个时候我们都不理解，怎么书会读完呢？这么多新知，实际上现在慢慢体会出这句话的深刻，就是书倒是读不完，但对他而言真正的好书也就这几本，是读完了，读完了也不意味着不要再读了，而是说他知道真正的好书是需要反复读的，而不必不断地去掠取再去找一些新书来。

陈云昭：就你的阅读视野和观察，能不能给普通的读者推荐一些能够了解中国现代史的一些好书？

许纪霖：黄仁宇著作我觉得比较适合，近现代的比如说史景迁的书也是不错的，其他都是零零碎碎的，我曾经在《上海文报》给他们开过的书单——“中国史”，我认为这些书都是经典，对于初读者来说都是好的书。我觉得要读就读一些比较有影响的书，大家公认的。

陈云昭：那么你的书有哪些适合一般读者？

许纪霖：那要看我的有几种，比如说得奖的这几本，觉得都适合一般读者，比如《中国知识分子史论》、《大时代中的知识人》。但有一些思想史的书，比如说《启蒙》稍微深一点。我觉得不太适合一般读者，所以我在写作的时候也非常清楚，我在写这个的时候对着谁。

陈云昭：你是怎么理解阅读和你个人的关系？

许纪霖：我觉得对我来说没有阅读就没有我自己，因为常常觉得自己如果一个星期不读书的话，马上就有惶惶然的感觉，因为觉得跟不上这样一个时代了。然后呢，如果 2 年不读书的话，你就变得很浅薄，因为你只是在重复那些话，用你的知识储量。所以我想读书是一个活到老，学到老的过程，哪怕你已经很有成就了，实际上你依然需要从书本里面获得一些新的能量。

7. 杨键：诗只是我存在的一种方式

——杨键访谈

杨键，生于1967年，曾当工人，亦研佛教，自1986年起专心习诗，现居安徽马鞍山。长年守于乡村山林，世人皆匆匆求进步，他独向往“无”的文明源头。其代表诗作有《一座被废弃的文庙》、《母羊和母牛》、《在报国寺度过1999年冬至》、《冬日》、《暮晚》、《上坟》、《古桥头》等。杨键被为数不多的评论家认为是中国20世纪90年代以来最重要的诗人。

“阅读的最佳的时间都用来读西方的东西了。”

陈云昭：出来参加活动，会带一些书吗？

杨　键：我喜欢带一些书，如果出门的话，比如去云南、去新疆，一路读书，那种感觉和在家读书是不一样的。因为人处在一种运动中，和窗外不同的风景交融，可能阅读的感觉更好。

陈云昭：会选择带一些什么样的书？

杨　键：每个阶段情况不同，选择的书也不一样。比如这个阶段我会读一些佛教方面的书，有的时候也会读一些文学方面的书。

陈云昭：就我的观察而言，一个好的诗人，往往也是个善读者，无论他的阅读对象是书籍还是自然。能谈谈你的早期阅读吗？

杨　键：其实我们这一代人早期阅读的经验都差不多。我早年也没什么书读，只能读到什么《平原游击队》、《林海雪原》呀，等等，就这些。当然我早期还读过一些文学，比如四大名著中除了《红楼梦》我都读过。上小学三、四年级的时候我就读过《水浒传》，当时读得津津有味的。我也不知道这些书是从哪儿来的，可能是我哥从什么渠道弄回来的。其实我最早接触古典文学这块还是四大名著。

陈云昭：那么进入“个人阅读”阶段的情况是什么样的呢？

杨　键：这个阶段可能是到了80年代中期的时候。我们这一代受北岛的影响比较大，先读到北岛、顾城这些人的诗，然后就去接触西方一些诗人的诗。其实我们在西方诗歌这块消耗的时间特别多，倾注的精力、研究特别多，代价特别大，一代诗人可能都是这样的：从80年代中期就开始读西方的东西。我还是读到一点东方的东西，很多人都没读到。2000年之后，我对西方诗歌的兴趣开始锐减。

陈云昭：什么样的原因导致这样的变化?

杨　键：还是觉得我们自己的东西重要一些。也不是说我们的东西比他们好，而是一下子觉得自己是一个中国人，要回过头来看下自己的东西。因为在这么漫长的时间里，从80年代中期一直到21世纪初期，我们读的都是西方文学。15年时间我们读的都是西方的东西，可以说我们阅读的最佳的时间都用来读西方的东西了。这不仅是我一个人这样，整个一代人都是这样的。我不知道“70后”、“80后”是什么样的，但我们60年代出生的诗人基本上都是这样。

“我们却已经没有能力去阅读它们。”

陈云昭：是否有那么几本书，奠定你对一些传统价值的基本继承?

杨　键：那就是民族的经典。我想说传统这一块对我的意义是非同寻常的，主要还是佛教这一块。佛教这一块主要打开了我对东方的思考，和比较开阔的视野。

陈云昭：你最早接触佛教这一块也是在80年代?

杨　键：晚一些，但80年代中期，也读一些，但那个时候主要作为趣味性的知识接受，进入90年代中期以后，佛教对我而言相当于生命信仰一样的东西，它和过去的那种知识性的阅读是两回事。佛教在我生命中所占的位置、价值都是非同寻常的。

陈云昭：具体有几本典籍在读，当时?

杨　键：《六祖坛经》呀，《金刚经》呀。

陈云昭：有没有书是你经常在读的、反复在读的?

杨　键：主要还是佛教这块，还有一些诗集，比如西方的斯蒂文森、博尔赫斯、艾略特，以色列诗人阿米亥，等等，这些诗人的作品，过一段时间我都会拿出来读一读。因为它们在阅读经验里面对我来说是最有效的。

陈云昭：这些反复读的诗集中，有中国诗人的吗？

杨　键：有，于坚、韩东、柏桦、庞培，这些诗人都在不断地看。

陈云昭：古典诗歌这块呢？

杨　键：古典诗歌读得确实少。我们这一代确实没办法，因为小时候也没被培养阅读的兴趣和能力。这确实是我们很大的遗憾，中国诗歌的历史这么悠久，而且每一个时代的诗风都是不一样的，每个时代都有一些重要的伟大的诗人出现，而我们却已经没有能力去阅读它们。这种能力的缺失，不是一代人的事实，可能是好几代面临的问题。而且我还觉得，这不仅仅是中国的状况，整个世界的写作，都在一个大的国际化的趋势里面，都是在跟自己古老的写作呀，文化失去关联。我们早年学习西方，其实已经意味着国际化的趋势的到来，这也似乎在冥冥之中注定我们这一代诗人的国际化风格。像日本大诗人谷川俊太郎，其实他的诗也是一种国际化的写作，他的写作其实与日本传统也没有多大的关系了，他思考的问题、诗风呀都是现代的。

很多问题在古人那里是不存在的，但在现代人这里可能是很大的一个障碍。我们要延续古人那种写作的话，可能很多问题在他们的语言里面、体系里面不是问题，但在现代人的表达里面可能是很大的障碍。

陈云昭：这是不是说诗歌的现代性是必然的？

杨　键：我觉得是必然的。这个东西是逃不过去的。

陈云昭：对同行的阅读对你的写作有多大程度的影响？

杨　键：我想影响是很大的。每个时代都有每个时代的诗风，可能我们之间的差异会很大，但内在的一些东西，思考的一些问题，根本性的一些问题，还是有沟通的。

“延续是古人内在的‘诗歌精神’。”

陈云昭：在你心目中理想的诗人形象是什么样的？

杨　键：实质上我比较喜欢两路诗人，一个是屈原，他是儒家的代表诗人，“宁为玉碎，不为瓦全”，他有这种精神在。由于屈原的存在，他开创了汉诗的一路诗风吧。另外一路是陶渊明，在特定的历史时期，他以另外一种文化面貌（老庄的）出现，归隐山林，成为一个智性者。这两种诗人我都喜欢，它恰好是汉诗的两路诗风，是汉语诗人的两个典型代表。像后来的杜甫呀，孟浩然呀，就是他们两个人的化身。

陈云昭：从诗学意义上来说，当代诗人的任务是什么？

杨　键：我个人的理解是，我们要把上几代诗人留下的空白弥补掉。

陈云昭：你的传统观是怎样的呢？

杨　键：我舅舅是个农民，他连村里的大队长都不认识，他说我只是个种地人，我又不做什么坏事，认识他们又有何用？我看我舅舅就像看我们历史上最早的隐士许由一样，这就是传统，它并不含有什么创新的因素在其中，它只是一种复苏，一种再生而已。

传统并非一个死物，它对我们的期待永恒常在，对我们的谴责也同样如此，这在《道德经》十七章里讲得很清楚：

太上，不知有之；
其次，亲而誉之；
其次，畏之；
其次，侮之。

理想与非理想国家在此四句中表露无遗，此四句展开了就是一部柏拉图的《理想国》。传统从来就是微言大义的，它对精神和物质世界的简约、透彻的认识，我们今天用几十本书也无法说清。在他们，只是三言两语的事情，为什么我们今天如此冗长而又不能将事情的原委说清楚？

传统之心永远等候在那里，在这一方面，孔子是一个典范，他所说一切皆为周公之所说，并未增加一丝一毫，所以他才会说："述而不作，信而好古，窃比于我老彭。"孔子一生的使命只在复活、复兴传统，并未创造，中国极重传统，应当自孔子开始，但对于我们这一代，它却是近在咫尺，远于天涯。我们的传统里最难解的有两个字，即"道"字与"德"字，20世纪毁的也是这两个字。

孔子信奉的传统为礼乐制度，而佛教所说的传统则是心灵，达摩来华即是传授心灵的。故土实际在这里，只是它太高深莫测，太难认识了，但这一切加起来，还是"道"与"德"两个字。

陈云昭：在你的诗歌中是否暗含着"伦理重建"的愿望？这种对中国传统伦理价值的重申，在你的诗歌中是如何被确立的？这是不是你所谓的"中国的现实"？

杨　键：关于传统伦理的命运，文学是做不了什么的，真正可以扮演重建任务的，可能是宗教和教育。文学在这块当然也能起作用，但它的作用是微乎其微的。

如果一个国家的文化停止延续了，即使它的政统还在，但道统不再延续。人与人在传统意义上伦理关系被打碎了，新的伦理观念还没建立。

在我父亲幼年的时候，家里的桌上曾摆放过《弟子规》、《孟子》这样的圣贤书，但直到晚年他也不知道这些书的真正含义，仅记得一些片言只语，记得他的老师叫张二先生和束二先生。而在我们的课桌上发生的变化更大：圣贤的思想已被个人的思想所代替。这是20世纪最大的变化了。这也是我理解的中国最大的现实。

陈云昭：对于你的诗歌写作而言，你从“诗歌传统”那里获得了什么？

杨　键：我想延续是古人内在的“诗歌精神”。“致君尧舜上，再使风俗淳。”这是诗圣杜甫讲的话，它体现了古代诗人的内在精神，其实我觉得这种诗歌精神最重要的是一种士大夫精神。因为我觉得20世纪文化上的大破坏，士大夫阶层的消失是很大的一部分，因为这个阶层在中国传统文化（发挥效用）的延续上，起到过很大的作用。

陈云昭：你的诗歌为何那么偏爱乡村呢？对“自然”的认识和观察，是不是也融入到了你的诗歌世界里去了？

杨　键：乡村实际上就是自然，那里有山也有水，而对山水的热爱早已在中国的文学史里形成一条特别漫长的向往和皈依之流，其中有我最喜欢的诗人谢灵运，他出自晋朝最富裕最有权势的士族豪门，他一边做官，一边长年隐居在浙江的山中。在谢灵运的那个时代，三大教和谐如一体，谢本人就是典型。他首先是一个儒家，再是一个道家，一个佛教徒，一个诗人，一个画家，一个山水的爱好者，中国人的天堂实际就是自然，就是山水。下面我来谈一谈中国的自然天堂在现代化的进程中是怎样遭到藐视、遗忘和废弃的。

在我读书的中学里，有一个很大的荷花塘，我每天上学都要经过那里，它向我提示着四季的丰富变化。有一天，荷花塘被填平了，在上面建起了校办工厂，红火了几年以后就倒闭了，代之以一个个触目惊心的石灰坑，更为奇特的是，这石灰坑边还搁浅着一条木船。可以说，我亲眼目睹了现代化的进程即是反自然的过程。我不知道，在上海、北京这样现代化高速发展的城市里会出现什么样的诗人？以我对乡村对自然的认识，我以为那里是特别容易泯灭自我，从而产生幸福的，而在城市里，自我很容易突出，这样也就容易产生痛苦。遗憾的是，我们的诗人直到今天才发现他是自然之子，但这已经晚了，他的力量，他所谓的诗意已不能从其中生发，只能从大面积的反自然的后果中而来。诗的源头在20世纪发生了惊天动地的变化，而从谢灵运直到近代的陈三立，自然一直是退路，是最基础也是最高之存在。在中国文人眼里，自然是他的天堂，他没有其他的天堂。因此，我们的山水画，我们的山水诗才举世第一。

在中国，自然是高于一切的存在，我们母语的生成方式起源于它，我们的文学、绘画、音乐，连政治也起源于自然的无私，而非人欲，所以天子才会祭祀天地，政治才会连绵千古。而今日工业与科技，虽也生发于自然，但它竟是自然之逆子，这逆子大行其道，给多少山川河流穿上丧服，这一切，若没有重返自然的大思想的出现，那就只能靠天启了，而天启虽频频出现，如近年天气之恶化，而人皆不识。道法自然，在今日之中国，是最难的了。

陈云昭：你写作最基本或者最持久的动力？

杨　键：面对问题。

陈云昭：到目前为止，你认为哪些诗歌是你自己比较满意的？

杨　键：我的学徒期很漫长，从1986年一直持续到1995年，有将近十年的时间，我才稍稍形成自己的一些特点，形成以后基本没有什么太大的变化，我由浑浊到清澈，由复杂到单纯，由平凡到神奇，而这清澈，单纯与神奇并非我自身所有，乃是灵魂所本有。诗人一般喜欢的都是那些还没有写出来的诗，我也有很多还没有写出来的诗，若真的要说我较为满意的诗，我且举出《一座被废弃的文庙》、《母羊和母牛》、《在报国寺度过 1999 年冬至》这三首吧。

陈云昭：为什么是这三首？

杨　键：《一座被废弃的文庙》回应的是当下中国道统上的中断;《母羊和母牛》指明的是人与其他生命的关系;《在报国寺度过 1999 年冬至》则是回应了“三年自然灾害”，这在当代诗中，还是第一次回应吧。

陈云昭：就你的内心和你的日常生活而言，你感谢诗歌吗？

杨　键：诗只是我存在的一种方式。如果我是木匠，我会感谢鲁班，我这样说的意思是，不管从事什么样的行业，人都应当有从其中认识自我的能力，说白了，诗人同一个木匠并无差别，因为智慧存在于每一个行业里。

杨键的诗

陌生人家墙上的喇叭花

我心里有什么倒塌了。
而它们在墙上，
那么柔弱，有一种不为人知的挽救。

清寒之家，
庭院冷落。
谁也不知道我从这里汲取了什么神奇的力量。

白头翁

黄昏的白头翁，
像往事一样从心底浮起。
为什么它们能将我如此震撼？
为什么我要将唯一的生命
化为白纸上的点点墨斑？
像松树一样生长吧，
与蓝天和大地
共享清贫的繁荣。
我看着菜地上浇粪的农民，
我笑了，
生命原是什么也不需要的蓝天。
我远眺着落日，
再也没有造句的惆怅……

8. 梅丹理：我要探讨最属于我只有我能解答的问题

采访／冯烨

Denis Mair 梅丹理，美国诗人，中英文翻译者。俄亥俄州州立大学中文硕士。翻译了很多如北岛、于坚、默默等中国现代诗人的作品。曾任费城医学图书馆索引编辑、北京外文出版社编审、美国惠特曼学院外语系讲师、美国宾夕法尼亚大学东亚系讲师。出版《木刻里的人》中英文诗集。现任洛杉矶亚洲图书馆顾问、洛杉矶亚洲文化基金会理事。

“接触诗歌，因为我觉得诗歌是一种凝练浓缩的很负责于内心的语言。我在社会上找不到，所以我就开始在诗歌里找。”

一

冯　烨：你最早开始阅读是什么时候?

梅丹理：也不算太早，小学喜欢看故事书，留下比较重要印象的是在初中的时候，看了《白鲸》，冒险性比较强的，那是我七年级看的，作家名字叫麦尔维尔，这是美国重要的小说家。《白鲸》是他的杰作。这是比较深涩的书，但是我看的时候以为是故事书，讲的是水手。九年级的时候，我看的是《湖滨散记》，梭罗，他是美国的“庄子”，一个隐士。

冯　烨：你家人对你的阅读有影响吗?

梅丹理：这是挺有趣的一个事情，我母亲有一个很大的书架，早期她看了很多的书，可是她陷入了一种忧郁，忧郁的情绪，结果当我出现的时候，她没有对我讲哪一本书很好，她没有引导我看哪一本书。对我来讲，她的房间那个书架是一扇闭着的门，因为不是通过她（告诉我看什么书），我也不知道哪些书好，我反而是在学校里，老师说哪些书好我会接触。而我母亲书架里的书，她关了这个门，她不引导我去看，因为她有忧郁症，所以她不提那些书，虽然她已经收集了，但是我反而不想去提那些书，那是她的敏感地带。在学校里老师会推荐我看一些自然科学、历史的书，我会看一点。

冯　烨：你什么时候开始接触诗歌?

梅丹理：大概是大学时候，大学没有对诗歌入迷，我看了弗罗斯特的诗集。

冯　烨：最早什么时候开始写诗歌？

梅丹理：那比较晚，我一直认为我用一个诗人的眼光看世界，我觉得我看很多的自然科学，也是我的脑子里对这个信息的加工，诗意地加工。我当初主修生物学，我要了解生命，我这样对自己讲，我还请我哥哥帮我弄了一个皮带，刻了一个DNA的图案，我就穿了“嬉皮时代”，我觉得学的东西是探讨我自己生命的来源。

冯　烨：你觉得诗歌是探讨生命的来源？

梅丹理：对，可是我周围没有诗歌的风气。因为我不是英文系，我是生物系，我就比较难以接触那些喜欢诗歌的人，我大学宿舍的室友是读那个警官的科目，罪犯学。他们对诗歌没有兴趣。我那个时候，很早就养成的一个习惯，小时候我妈妈读了诗选里面的一些诗给我，我喜欢上那些意境，而且高中时我看了弗罗斯特，可是我周围没有那些喜欢诗歌的人，大学我没有养成和人交流诗歌的习惯。并且我更内在，我是吸收什么知识都要把它变成自己心里的一种类似诗歌的东西，我很喜欢吸收生物学的东西，我自认为我是诗人，可是我都没有写，这很奇怪。是到了社会上，大学出来之后，我碰到了人生很坎坷的逆境，我发现很多人讲的话是一种宣泄，是单调的，互相不深入了解对方，还是讲很多表面的话。我越来越觉得，特别是我的人生碰到了很大的动荡，比方说我的第一个婚姻，碰到了问题，因为离婚我就离开了研究所，去社会上工作，这个时候我发现我不满意于一般人的语言习惯，就是说话太容易，那个话没有内容，不够浓缩，所以我有了这样的体悟。接触诗歌，因为我觉得诗歌是一种凝练浓缩的很负责于内心的语言。我在社会上找不到，所以我就开始在诗歌里找。对这个事情比较重视，是在30岁左右，那个时候我已经离开了研究所。

冯　烨：当时是在什么研究所？

梅丹理：俄亥俄州州立大学东亚系。为了把汉语学好，我就修了一门唐诗，和诗歌有关的东西；包括我修了英文系文学的课，虽然我是东亚系的学生，我也跨系去修了英语研究所的课，因为我觉得念东亚的东西，必须要了解自己英语的文学。那时接触了诗歌，可是还是一个科目，是作为研究生要读它。是离开了研究所后，大概30岁左右，才真正体悟自己要用诗歌来探讨自己的更内在的东西。30岁以后，我开始觉得诗歌是一种对语言更深刻、理想的追求，让语言更有内涵，更忠于自己。那时候我就体悟到诗歌是这样的追求。在那个之前，我可能觉得诗歌是一个外在的，语言的方式。

冯　烨：看的第一本诗集是什么？

梅丹理：第一本应该是弗罗斯特的，他是美国20世纪初一直到中叶重要的诗人，可是他不像现代派，他是很注重美国的传统，美国本土的语言，本土的世界观，他不太玩现代主义，可是他跟那些现代诗大师处于同一个时代。

冯　烨：20世纪初的文学你还接触到哪些作家吗？

梅丹理：文学我接触得挺多，那个时代的小说我看了，像那个拜罗，深刻的小说家，他在犹太移民家族真实的故事，反映很广泛的美国社会的一些现象，后来得了诺贝尔奖。这一类的小说比较喜欢艾尔格伦，美国文学里面的写实主义小说。我最早接触的是麦尔维尔的《白鲸》，它不是写实主义的，我很奇怪。我整个高中都在看他，从《白鲸》开始就看了他所有的小说，他不是写实主义，他有写实主义的一面，他的小说有一部分的散文，很像散文诗，他写到海，写到人的内心活动，有点像内心独白，很有诗意。

冯　烨：当初写诗有没有一个模仿对象？

梅丹理：当然我自己开始写诗比较晚，30岁以后，受了中国诗人的影响。

冯　烨：那时就接触到中国的诗人了吗？

梅丹理：我是在研究所接触到中国诗人，中国佛教的一些。有一个中国唐朝的诗人叫寒山子，他用诗来写佛教的眼光。还有一个王维。我对佛教很有兴趣。所以寒山子和王维对我影响比较大。还有一个美国诗人叫施奈德，东方味道很浓的美国诗人。

冯　烨：好像美国对寒山子喜欢的比较多啊，《达摩流浪者》书中的主人公对寒山子也比较迷恋啊。

梅丹理：对。惠特曼对我的影响也挺大。大学的时候我就读惠特曼。可是自己真正开始写诗是读了中文以后，中国诗人和美国诗人对我的影响一样重要。

冯　烨：你写的第一首诗歌是中文还是英文的？

梅丹理：英文的，我写了头一批诗大概几十首都是英文的。我是到后来因为跟中国诗人交流比较多，那时候写了一些中文诗，因为我很想进入他们的话语空间，他们的语境，来跟他们沟通。并且我开始写中文诗是因为我有一本英文诗集，我很希望里面的一部分可以翻译成中文。我就寻找几个中国朋友帮我一首一首地一起合译。

冯　烨：有哪些人？

梅丹理：里面有一个比较有名的中国诗人叫严力，他帮我翻了好几首。我是先把他的诗翻译成中文，我们配合得不错，并且成为朋友。我认为他翻译的非常合我的感觉。我们有讨论，就是彼此翻彼此的诗有沟通。我觉得每一首翻译成中文的诗都是友情的纪念。

二

冯　烨：美国这个国家对培养你的诗人气质有什么影响？

梅丹理：我觉得我身为美国人也是一个幸运，因为它让我年轻的时候有很大的个人空间，就是成长的空间，我可以寻找自己的路子。这种个人空间有时候会毁一个人，你会变得无所适从，你没有一个方向，有的人就是有这样的一个毛病。可是如果你有方向，你可以好好地利用这个个人空间，是一个好事情。所以美国是一个很有趣的多元的局面。我80年代来中国，我就觉得我得到了原来的一个多元社会的心理准备，比较容易接受和愿意理解中国的很多现象，就是因为来自一个多元社会的背景，并且我有兴趣去接触探讨跟我原来的背景不一样的东西。所以我对中国发生的兴趣，是美国的那种扩散的一种探讨的精神和多元的精神对我的帮助。还有一点就是，美国有一种追求冒险和高尚的神秘体验的一面。麦尔维尔的《白鲸》除了讲一个冒险故事，它讲的是一种巅峰体验，一种生命体验最神秘的地方。梭罗的《湖滨散记》也是这样，他说："我要探讨最属于我只有我能解答的问题。我要求每一个人负责于只有他自己能够解答的问题。到最后，彼此给彼此的汇报，也许会像是另一个星球一样的汇报。因为如果你真正走自己的路子走得很远，你所总结出来的报告，真的会像不同的星球一样。"就是说美国发展心灵的空间挺大，所以有一部分的人探讨了一种神秘主义。它就不一定是基督教的信仰体系，它可能是自发的。这个神秘主义在惠特曼、梭罗，有很多不同方式的神秘主义探讨，它让我自己总结如何去探讨这些东西。

冯　烨：当时一些外国文学对你有什么影响呢，苏联、中国、日本等?

梅丹理：大学时代还有研究所的时代，苏联的洛夫斯基，对我很重要。我就非常喜欢洛夫斯基的小说。像他的《四个兄弟》、《愚人》，他也启发了我如何去寻找心灵体验更深一层的东西。

冯　烨：那日本文学呢?

梅丹理：日本文学对我的影响不怎么大，我就一个阶段迷上了俳句诗，有诗人一茶、芜村。这些俳句诗人启发了我对禅的兴趣。我读他们的诗比较用心。我搜集了英译的俳句诗，读的时候是观想，只要我喜欢那个意境，读一点点，然后会想很多。

冯　烨：日本的禅学书看过吗，比如铃木大拙的?

梅丹理：对，那个差不多也是研究生时代看的日本的禅宗，包括铃木大拙的。不过研究所时我宁可看禅宗语录的原文，不喜欢铃木大拙的现代解读。

冯　烨：美国政府有主导的读书节吗?

梅丹理：我念的是美国小镇的高中，它不太有读书的风气。我记得我高中的英语老师，说不要好高骛远。他说我看的书，写的散文怪怪的、不合乎我的班级。我被我的英语老师劝导，应该适合将来的这个镇生活，你要在这个镇附近的工厂工作，或者什么公司，不要让自己太痴望当前的生活。我的高中老师就是这样劝我，呵呵，可是我没有听，所以他真的是不理解我。他虽然是我的英语老师，我要跟他提我看的书，我有兴趣了解的东西，他就会觉得不可理解。

三

冯　烨：最早什么时候去台湾的?

梅丹理：1974年去的，我很老，我现在58岁了。那时候还没有念研究所，大学毕业，要加强汉语才读研究所，我在台湾一面教英文一面学汉语，请了一些家教，我也旁听了台大、师范大学中文系的课。

冯　烨：有看过哪些台湾作家的书？

梅丹理：有，余光中，痖弦，当时很喜欢的诗人。他们启发我喜欢白话诗。我上的是“史丹福华语中心”，美国史丹福大学在台湾办的一个中心，我有一个老师，他叫马国光，笔名叫亮轩。我上他的课，只有我跟另外两个学生跟他上《水浒传》，他是台湾戏剧学院毕业的，他用很戏剧的方式跟我们讲解《水浒传》里面的人物，那时候我的中文还可以读原文，虽然勉强，他在报纸上有个专栏。他的父亲是中国现代地质学的开拓者，我忘了他叫什么名字。反正这个老师对我的影响很大。他请我到他家喝茶、聊天，给我很多信心，让我觉得我可以继续读下去，读中文。

冯　烨：台湾当时的阅读氛围怎样？

梅丹理：那个时候就是糊里糊涂的，没有接触到很多的社会整体的文学现象，跟一个老师学几本书，我只懂得这么多。后来我以另一个身份回台湾，我就非常欣赏台湾的那种信息流量非常大、文学读书风气很好、出版业很活泼、经常出各种各样的书，多元。我90年代初回台湾，就比较台湾的这个多元的氛围。

冯　烨：跟美国比较呢？

梅丹理：我觉得几乎很难跟台湾的出版业比。因为台湾面对的是一个大时代，又要面对东方文明，它跟东方文明没有断，它也要面对现代知识，它也有人文的关怀，它一直很重视人文，您（指中国大陆人）是经过了一段人文的断裂，台湾没有。所以台湾这些方面让它有信息社会，比较早，甚至它有的方面面对的世界比美国更广，因为它中西方的文明都在面对。

冯　烨：最早来大陆是什么时候？因为什么原因？

梅丹理：1986年，我被邀请来外文出版社改稿，英文稿的编审。那个时候的说法是外文专家。1986年左右，请了一批专家都不是很红，在我们之前的一些专家，要有国际左倾、共产主义的关系才可以到中国当专家。到了上个世纪80年代中期，可以因为出版业的需要请一些专家到中国来，不一定有国际共产主义的联系，我就是那批。

冯　烨：最早接触中国文学是什么时候？

梅丹理：还没有读中文系，高中的时候就看过林语堂的书，是他用英文写的《生活之艺术》。我爸爸喜欢他的书，我爸爸是工人，他在我16岁的时候推荐我看这本书。讲中国的人生观，引用了大量明代小品文。引起了我对中国的兴趣。还看了一些介绍中国佛教的书。有一个人用英文写了禅宗的书，介绍日本禅宗，看了他的书才知道日本的禅宗是从中国传过去的，决定学中文，也是受这个影响。

冯　烨：除了文学书以外，还有什么书对你影响比较大？

梅丹理：《易经》对我产生的影响比较大。它是一个哲学的书，但是它比较难归类。提出很多神秘的东西，还待了解。我也认为它是一个宗教的书，它谈的一个宗教现象一直在中国的文学里潜伏着。它没有被凸出来。中国一直有一个中央政权意识形态（儒家的东西）来解读《易经》，原来宗教神秘主义的内涵没有被宣扬，它其实是中国文化潜伏着的一个按钮，一个重要的部分。

冯　烨：你觉得现代人的一个阅读情况如何？

梅丹理：我觉得现代人喜欢文学就老是在文学的世界里面，他不知道怎样用文学以外的语言来描述他在做的事情。学科学的人也老是在他科学的领域里面。我觉得需要那种综合的来想问题的（方式）。我不满意于永远停留在文学语言里面。所以我喜欢的一些诗人，他会让你有意想不到的，他会从各种知识面去看问题。捷克的一个诗人赫鲁伯，他会从科学去看，也会从神话去看问题。

冯　烨：怎样改变呢？

梅丹理：我举自己的例子，我读《易经》，是从诗意的方式去解读。所以我破坏了一个所谓的界限。有人说它是哲学的书，也是古代神秘主义的书，可是我偏要用自己的感性的语言来解读它。我喜欢用东方思想的颗粒，西方的实证知识作为一个结晶，给它外围组合起来，等于是让东方一些因素成为组合西方知识的奠基，这就是跨过知识领域的一个方式。西方也有一套，就是这个东西什么时候能连接上什么，它有它的轨道，决定它也会没有创意，怎样让它有新的创意，就是用东方的视角可以让西方的知识有新的组合。

9. 郦波：阅读的时光很有质感

采访／陈云昭

郦波，中国古典文学与文化专业博士，国内首位文牍学研究方向博士后。现任南京师范大学文学院副教授，硕士生导师。2007年5月任江苏电视台城市频道《万家灯火》栏目主讲人，2009年10月任中央电视台《百家讲坛》栏目主讲人，先后主讲“大明名臣”系列《风雨张居正》、《抗倭英雄戚继光》、《救时宰相于谦》、《清官海瑞》等。

“阅读让孤独的心灵获得了一个巨大的、丰富的包容性，一种融入。”

陈云昭：你曾说过“阅读是获得幸福感的捷径”，怎么理解这句话？

郦　波：幸福是什么，我是这么想的：每个人与生俱来都有一种“孤独感”。哲学怎么来的，文明怎么来的，来自一种最初的疑问——我从哪里来？又将要到哪里？生命往哪里去？在时间长河里，我为什么是这样子的，我和你又是如何相遇的？我们源自这种与生俱来的每个人内心深处的孤独感。因为孤独所以渴望交流、沟通，渴望心与心的碰撞，产生一种温暖、关怀、理解的感觉，这就是一种幸福。这种幸福可以看出来，人与人的理解，尤其是心灵与心灵的沟通是多么地重要。

但是现实生活有个为难的地方，要能达到人与人接触很容易，但是要放下伪装，放下虚荣，放下警惕，放下生活中的担忧，敞开心灵，相当难做到，因为现实很多时候不允许你这样做。但是阅读却是这样的：首先读书的时候你读别人的书，那你就是跟这个作者交流。因为作者写书的时候，他没有考虑现实问题，大多数作者他会写出很真实的心灵活动，那么当你在阅读一本书的时候，第一，你和作者产生了交流，第二，你还可以和书中的人物交流。书中有很丰富的历史，有很丰富的人物。至少作者在书中所表现的那个人物是很真实的，他对你不设防，你很容易跟他交流。和这两个层次（作者和作者所刻画的人物）做到交流还不是终极的幸福，终极幸福是通过他们和自己的心灵进行了交流。人最难做到的是和自己的交流。

人有多重心理角色。一个人最在乎的是自己，一个人最容易忽视的也是自己。在乎自己的功名、利禄、身份、角色，但自己内心深处某些萌动的情感，对幸福的追求，对曾经理想的坚持、信仰的认可，这些东西反而是永恒的东西，反而是幸福。所以为什么阅读是通往幸福的捷径？阅读让孤独的心灵获得了一个巨大的、丰富的包容性。我读《项羽传》，我读林语堂先生的《苏东坡传》，我觉得苏东坡栩栩如生立在眼前，最后你越过了他，突然发现自己内心深处原来也有这样一块湿地。

和自己的灵魂做到交流，这样的交流是最本真的交流，最温暖的交流，也是最幸福的交流，所以说阅读是获得幸福的捷径。

陈云昭：在这个时代，提倡阅读是否有更多的意味？

郦　波：每个时代，阅读都是非常重要的。这是人类文明传承的一种方式。其实比起阅读我更看重的是书写。阅读是吸收积累的过程，书写是提炼。心理学上有个实验，大脑的蓝色区域很多，红色区域却很少。红色区域代表脑电波的活动，当你准备写字的时候，哪怕写一个词的时候，脑电波呈几何级地剧增。书写能调动人的思维潜能。古人写毛笔，研磨的那个过程就开始酝酿。现在我们不用研磨，拿个笔就开始写，问题是可能连笔都不用拿了，都改打字了。跟阅读一样，我以前特别喜欢读线装书。现代的书不如从前，从阅读享受上来讲，现在的书需要摊开来，左右横着读，有的时候一只手拿书，拿不住，不方便翻页，不好拿，不好读。古书讲“一卷在手”，就是说你可以卷起来的、握着的，一两行反复地读，读书的快感在里头。现在读书，读电子书，读网络书，我觉得读电子书实在是没有阅读的快感。

陈云昭：你对更年轻一代的阅读状况怎么看？比如说“80后”、“90后”？

郦　波：现实状况当然有点让人不满意。中国人的阅读状况我也关注过，这两年中国人平均每人年阅读量是3.5—4.5本，日本人是37本，欧洲人是35—40本，这个数据大概是2008、2009年的。我们的阅读状况与我们这样的文化大国、文明古国实在是不太相称，这也说明了我们太浮躁了，国人已经没时间，没心情阅读了，那我们都在干什么呢？

“80后”、“90后”他们还是很有希望的。很不同意一种说法，“60后”、“70后”老指责“80后”、“90后”，我觉得毫无道理。我以前构思一个小说，题记就一句话，“一个时代有一个时代的幸福，同样，一个时代有一个时代的悲哀。”“60后”、“70后”是过来人，你站在一个制高点，去看后人，看到他们的悲哀，你忘记了你曾经的悲哀，你不要去苛求后面的年轻人。“70后”有“70后”的悲哀，“60后”更有“60后”的悲哀，“60后”现在是社会的中坚，尤其是知识界的中坚，站在道德制高点上指责后人，其实他们忘了自己最大的悲哀。“60后”这帮人都是经历“文革”的，谁敢拍着胸脯说自己心灵没有阴暗的一面，在那个时代的裹挟下，你忘记了你的悲哀，这才是最大的悲哀。

陈云昭：你会在你孩子的教育中，强化“阅读”方面的内容吗？具体是怎么做的？

郦　波：我作为一个教师，最大的迷惑就是在教我儿子的时候。小时候他喜欢听故事，我就讲故事给他听。我唯一能给他做的事情，就是给他念书，现在他喜欢自己念书，然后我们一起念。他喜欢看漫画我就陪他一起看。顶多如此，我想不出更好的办法。我在讲《曾国藩家训》时，说过最好的家庭教育是“陪伴，一起生活”。

陈云昭：你个人在平时的阅读中除了专业书籍以外，还会阅读些什么？是个怎样的比例？

郦　波：阅读上其实我很惭愧。我这个人在阅读上很自私。我不太喜欢读新出来的书。我喜欢读经典。为什么呢？其实读经典是一条捷径。

新出来的书每年都有很多，我不能说泥沙俱下，每部书都融汇了作者的心血，但是读新书，我发现有个汰粗取精的过程，书和书总是有差异的。从吸收的角度来说，读书能读到最精华的东西那最好，但要靠自己翻来覆去地去找，人的生命是有限的，这会浪费很多精力。

我大学时读了一千多本书，最快的时候一天读一本。那个时候，其他同学都去学跳舞，我宿舍就我没去，我去看书。我给自己设置了一个四年的读书计划，第一年读哲学，第二年读社会学、经济学，第三年读文学，第四年读武侠小说。后来发现这个读书计划弄反了，应该第一年读武侠小说，第二年读文学，第三年读社会学、经济学，第四年才读哲学。所以第一年读哲学差点读出神经病。经过那个阶段之后，我现在只读经典。经典之所以被称之为经典就是被千万个人所检验，所认可，就是说别人已经替你完成了汰粗的过程，你直接可以取精了。而且，经典就是可以被反复地诠释，可以被无限制地丰富，所以读经典，你可以吸收由经典发出的一条丰富的线。这样读书脉络很清晰。大学读了那么多书还不如后面读的，当然这也是一个很重要的积累的过程，但从思想培养上不如后面，因为它太杂太乱，没有体系性。读经典，反复地读，越读越有滋味，总有新的见解，每读一次都有新的想法那就太完美了。

阅读犹如爱情，爱情就是每见你一次，就如见到一个新的你一样。能把一本书每读一次都能读出新的东西，这就到了读书一个最美的境界。所以读书的时间，我会读着读着就会心地微笑，时间很有质感，阅读的时光很有质感。我经常中午的时间，泡杯茶，拿本书读几行，反复品味，然后坐在摇椅上睡着了，我能想到最浪漫的事，就是和一本喜欢的书和一个喜欢的人慢慢变老。

10. 郁志刚：书斋里的生活方式

采访/陈云昭

郁志刚，1966年出生于苏州，南京师范大学文学硕士。现为江阴市政协公务员。业余喜欢读书、写字、喝茶。

听书听出来的读书人

陈云昭：想和你聊聊阅读的话题。

郁志刚：叫我来谈读书可能没有什么说服力，当今最好看看有什么因读书而发了财的人，因为大家读书都有目的性，而我早就没有了。我读书不“用”的，我只是无目的喜欢看点书，纯粹只是喜欢读书的生活方式，因此我读书没有成绩，也经不起考核。就试着聊聊吧。

陈云昭：还能回忆起你最早接触阅读的情景吗？

郁志刚：你知道我小时候不是在大城市里长大，我是在乡镇长大的。乡镇是什么呢？它是非农村，其实它一直是一种城市和农村的过渡。我们所处的那个时代尽管是封闭的，但实际上，文化的传播能力和传播手段都是非常强烈的。当时想传播什么文化、想传播到哪里、想传播出什么效果来，那是不折不扣地能做到的。现在回想起来，如果那样一个时代伴随着思想解放那就好了，但恰恰在那个时代，是思想禁锢的时代。也就是说，我是生活在一个强有力地传播单一性文化、一元化文化的一个年代。所以我从小就不少接触媒体，也不少接触一些文化的传播方式，而且我小时候生长的环境也比较特殊，我家所住的那个老街的对面就是文化站，大概有二十来米，隔壁隔几个门面就是我们镇上的一家小书店。所以，在这个环境中我觉得无论是接触报刊还是接触一些阅读的书籍都比较方便。我是在这样一个环境下自然而然地过着一种伴随着阅读的生活，非常自然，这一点可以说是比较幸运的。

陈云昭：这样的一种“自然而然”的阅读生活大概持续了多长时间？

郁志刚：在我刚上小学的前后几年，一直到初中阶段一直这样。

陈云昭：是不是你的家庭环境也促使了你这样去阅读？

郁志刚：我实际上并不是出生在一个读书的家庭。我爷爷是一个小业主，连小资本家都算不上。我父亲是那一代家里最小的，像这样的孩子是非常受溺爱，非常调皮的，所以我父亲从小并不专心念书。我母亲虽然出生在一个小资本家的家庭，但由于生活窘迫和“运动”冲击等原因，包括我舅舅他们都没上高中，念完了初中自然就不念了，那么相比我父亲来说我母亲更加适合读一点书，尽管念得不多，但多少还有一点能读书的遗传。我父亲尽管很聪明，记性很好，但是他不念书，他爱好听戏、听说书，我爷爷也是这样。我们家开的是一个茶馆，到我父亲手里还开过书场，我们家就经常有那种比较见多识广的人出入。我从小在这个环境，倒是一个有利于接收各种各样信息的一个环境。

大概在我十来岁，小学还没有毕业的时候，“文革”一结束，书场又开了，说书的都出来了。说的书目，除了《三国》、《水浒》，就是才子佳人。但是，这些无论是武打的书也好，还是那个才子佳人的书，这种演出的环境里，我听的东西里面，实际上都是以读书人为主线，都有着民间的一种推崇读书人的常识性在里面。你看那个在古代的戏文里头，读了书可以中状元，中了状元能够娶到宰相的女儿，那么落难的公子，只要是一个有才气的读书人，他也会被小姐看上了私定终身。读书对一个人的人生的向导作用，在我从小接触的那个戏文里和书评谈的故事里头，其实是非常多的。同时，一种读书的雅趣又表现得很充分，你如果说有幸在两三个月内听了一部《三笑》，你大概即使不会画画也知道了如何吟诗答对，这里面有些什么趣味，暗藏什么典故，读书有什么乐趣等，在那一类戏里头有非常充分的表达。所以这种读书的趣味性，我小时候并不是从读书中来的，而是从具体的生活方式当中来的。我爷爷告诉我他还做过“摇航船”的生意，有一种“小航船”，相当于现在的小型客运这样一种生意。相当于我们现在的包车，跑苏州，跑上海。譬如医生在水乡要出诊，在城里要坐轿子，在乡下要坐小船，经常雇船走。我爷爷经常看到当时的文人或行医的家庭，那些当地小镇名流家里已经有出去念大学的子女，到上海的，到北京的，到苏州的，到杭州的都有，甚至已经有出国留学的，我们镇上那个时候有一个名庭已经有留学生，留美的，后来成了我们那里的发电厂的总工程师。我爷爷就羡慕那种家庭，他说我们这样的家庭经过几代人如果也能出一个读书人就是有面子了。

我小时候所生长的那个环境虽然没有很高深的读书人，但那时人的品行端正，人的气质大概还有点传统的遗风，那么我还没有碰上“文革”期间大肆宣扬读书无用的观点，我所接触的都是很尊重读书、很推崇读书的人。我听到的所谓读书无用的恰恰是后来老师在课堂上说的了。所以对我来说读书看书是比较自觉的。

书斋里的生活方式

陈云昭：那么阅读在你现在的生活中充当什么样的角色?

郁志刚：阅读最终在我的生活充当一个什么角色，是有一个过程的。我小时候读书，也不能说一点虚荣心都没有，总认为读书是好事，读好书是有面子的，总有一点这方面的鼓舞。但是那个时候，大概主要是为了升学而读书，也不明确为有出息而读书，还不懂有出息是什么样，也不知道自己想要有什么出息的。

我上的高中是重点高中，就是考上县中了。县中完全打开了我的另一个境界。也就是说，学校像个学校，老师像个老师，读书像个读书，学生像个学生，那是一生中印象最深刻的，真正进入正规的读书。我初中也有很好的老师，也有相对比较正规的教育，但是一种强烈的求知欲望和感觉还没有发展到那个地步。我真正打开眼界，知道读书，真正知道读书能改变一个人的气质，能够陶冶一个人的性格，所谓变化气质，陶冶心灵这个方面，那大概是我的高中那批老师，留给我的印象更深。那批老师知识面广，教数学的还能爱好古典音乐，教物理的实际上语文功底也非常好，教语文的已经是北大下放下来的高才生。在我们高中阶段能开讲座的一些老师很有可能就是在“文革”当中受“运动”冲击而下放下来的，有的是从大学里下放下来的，客观上平衡了人才资源。如果没有“运动”和下放，我在乡镇，在县上，碰不到这么好的老师。那一批老师唯一的不足就是思想受禁锢的时间久了之后，解放意识不够，但是那种知识的扎实程度，为人师表的工整，那对我的影响已经是非常大了，甚至比我进入大学的时候所遇到留校教书的那批年轻教师还要工整，还要到位。所以我懂得要寻找读书的门径，大概就是高中那个时候。

从我眼下的角度来说，为升学而读书的阶段已经过了。我刚刚本科毕业的时候，我感觉到那大概是我中文刚刚入门的阶段，能解决入门我想已经不错了。但是正当我还想要深造的时候，就要毕业了，就要教书了。那么我是愿意继续读书的，感觉就算是少吃一顿饭，也愿意继续读书的，但是恰恰毕业了要工作了，所以后来再考研究生。但是从 1988 年到 1991 年这个三年具体的生活经历，恰恰引导了我对读书这件事情有了比较审慎的态度。我感觉到学中文，如果没有一点非功利的目的的话，仅仅是为了“用”一点而已去读的话，其实读和不读区别不大。因为那个时候我们中文学科基本上已经开始走下坡路了，就是八十年代末、九十年代初中文已经走下坡路了。我上本科的时候中文开始很受崇拜的，但是我毕业的时候，中文这个学科在社会上的用途好像已经没有那么大了，从万金油到基本无用的阶段，如果不是为了爱好，大概大可以不读。那么我要考研究生我恰恰爱好的是中文，我当时如果没有一点务虚的勇气，没有一点务虚的内在需要，我不会再去读这个专业。还由于我一向爱好书法，我非常想研究书法，所以我那个时候选择的专业是古代文学批评。学这个专业的好处就是为研究书法寻一把钥匙。所以那个时候我在南京三年以文会友，以书会友，比较非功利地读书。

我比较看重非功利的读书状态，为有用而读书，固然读的是有用的，但是，其实乐趣是不会太大的。而且，但求有需要的时候拿起来，不需要的时候就放下，这一种读书实际上不可能读得很好。而且人读书一旦入门了以后，除非是一种不可抗的客观因素不读书，一般真正入了门的人大概是不大会不读的。只要条件有可能，他多多少少都会读下去的。况且一个人阅历的增长，和这个人读书的长进几乎是很难分得开的。你的人生感受能够在书本当中得到共鸣，书本也可以启示你面对人生感受时获得一种新的悟性，也就是能够不断引导人进入一种新的感情境界和思想境界。所以这样的阅读肯定不会随意地放弃或者放下。所以我现在还是这样，尽管也有可能不如以前读得多，但我基本上还是处于这种读书、写字的生活方式。我除了工作之外大概都处在一种读书和写字这种状态当中。我比较喜欢这么一种书斋里的生活方式，我不喜欢别的生活方式，我天生喜欢这样方式。我觉得有趣，有闲，为什么不呢？所以我现在的读书状态，这种非功利对我来说是自然的。

我认为真正有意义的人生里，在一生当中大概应该有一个不短的非功利时期，这一段时期甚至可以决定他一生的成绩，你比如说写字是这样，读书也是这样。这个读书讲得更确切一点可能是叫作学问。凡是成为大学问家的，凡是成为大艺术家的，他的一生当中，我想一定有一个非功利的阶段起作用。成功的人，其实他背后还有一个好的老师，忽隐忽现。那么就从这个角度来讲，我虽然没有什么大目标，我甚至可以做得更有趣味一点。我的那些在大学里教书的同学都非常羡慕我，为什么呢？他们是要教书，他们是要做讲义的，他们要被考核，但是对我来说，读书是纯“唯心”的。而且没有“形而下”的考核来折磨我。我认为形而下一直来考核形而上，其实是一种伤害。

我现在最常态的生活就是写写字，累了就看看书，看书看厌了我下一阶段就再写字，一直这样。我写字不是为了卖字，读书不是为了出卖知识，我不是为了评职称，我不是为了要教课。我天生喜欢过这种日子，又恰恰过上了，我觉得我是很幸运的。

我讲个笑话给你听，上个星期我们那个书画院，给我发了个短信，内容是请你申报这个省级以上的展览次数和获奖作品，也就是申报个人的创作和获奖成就吧。看到这条短信，我真的无话可说，我就给他回了个短信，我说我是写给自己看的，顶多朋友看看，因此我毫无成就，也经不起考核。我现在就是这么一种状态。展览在书房。获奖是朋友欣赏而已。对我读书最高的奖赏大概就是朋友愿意和我聊天。所以，我是非常羡慕民国那些教授的，没有人去考核他，还照当教授，还有蔡元培去呵护他。所以我想想我那些同学在大学里大概要填这种表格也蛮难受的。还有，我相信这样的表格即使填一万张，或许还是不能让人家看出来这个人有多少学问，这个人究竟有没有创作的能力。我觉得这是值得思考的地方。

陶冶心灵，变化气质

陈云昭：有没有哪本书给你带来过很大影响的？

郁志刚：大概是 1999 年，我那时候在政协做接待工作，我接待了一批客人，来参观我们长江大桥的。有台湾客人和香港客人，是全国政协的一个团队。接触这一批人给我的印象是他们更像中国人。我知道中国人在不同的阶段大概是什么样的为人方式和生活特点。所以我觉得他们更像中国人，这让我不得不重新思考问题，何以不在大陆的国人，越像国人，而我们生活在大陆的这些国人在精神气质上就越来越不像国人？根本原因在教育和读书。后来读钱穆先生的《八十忆双亲·师友杂忆》，这一本书恰恰帮助我重新认识我的思想和学术风气的转变过程。我刚刚在谈前面问题的时候，说的八个字，叫“陶冶心灵，变化气质”，读了书，对人的一种深刻的改变在这八个字里，它是有极大的容量可以包含的。所以钱穆先生这一本《八十忆双亲·师友杂忆》，可以说是我一个新境界和新起点的开始——我的读书方式、思考方式，或者说我的文化观，历史观，世界观，价值观，大概在我三十岁以后的那个几年当中，得到了新的提升。

还有一本书，是我最敬佩的近代史专家，袁伟时先生的《中国现代思想散论》。我读完了之后，我在扉页上写下了一个感受，就如梁启超先生说，读到龚定庵的诗有触电的感觉，我念到袁伟时先生的书之后，我也有触电的感觉。这个时候我最真切的一种体会是，每当读完一本书的感受是马上开启另一本书的感觉。所以读书是一个什么过程呢？就永远有一个翻过去又要反过来的一个感觉，这本书翻过去了，就意味着受这本书的引导，我会去读更多的相关的书。好了，我读完这一本书之后，只要属于袁伟时先生的文章，我一定会认真读，凡是他的书我一定会认真地去看，那么他后来所出的书我也都看了。

第三本，是我开始接触经济学的起点，作者是我认为我目前读到的其著作非常有思想价值、学术价值的一个经济学家，她叫何清涟。我认为如果要论有深切现实关怀的、有良知的经济学著作，大概在我眼里，像这种一系列的书，就得用链接的方式，去把它下载到脑子里头，这本书是《经济学与人类关怀》。

也就是说，在世纪之交，这三个人对我的影响胜过我在大学里读过的在专业方面的其他著作。他们对我现在的一些引导性、思考问题的方法大概超过我在专业上所崇拜的任何一个有学问的老师。

陈云昭：你的阅读口味是不是都是经典，一些时下的读物也看吗？

郁志刚：我喜欢读已经经受过时间考验的读物，这样我觉得无论是时间精力上和收获上，都成正比。而且我有这个本事——人家当然也有这个本事——这本书今后会不会有价值，有多少思想资源，能不能成为经典或者说经得起经不起读第二遍和第三遍，拿到我手上来大概是一望而得之。所以我一般在阅读上不大会浪费时间。我新的东西也读，但是往往是值得我关注的一些，比如说某先生新发表一篇文章，我当然也会去看它，因为这位先生在我心目当中可以成为经典的人物。那么一般网络媒体这些我关注的不多。我不上网阅读，一是视力也不好，二是我觉得上网阅读某种程度上时间精力和收获不一定成正比。我这个年纪经不起多少浪费。所以一般来说时髦的东西我都避免的，我只能有选择地接受某一类杂志的某一类文章，某一类栏目，和某一个媒体。我在这个方面是选择得非常挑剔的。

陈云昭：听说你也喜欢收藏一些书，你主要喜欢藏哪一类的图书？

郁志刚：我这里的藏书用我自己的方法，大概分为：第一类，传统经典；第二类，近现代思想文化及近现代文化名人经典著作，这是我收藏和阅读的重点；第三类，经典的碑帖字画及书画研究类著作，也是我收藏的一个重点；第四类，佛学经典类。这几年我注意收藏近现代的佛学类的书，近代佛学在近代思想学术史上有非常灿烂的一个发展阶段。西方的著作也有一点，但是就不如我其他方面（收藏的多）。我这几年注意收藏的，还有海外汉学著作等。

陈云昭：在中国的知识传统中，道家思想一向对知识持反对态度的。所罗门尝言“积累知识就是积累悲哀”。你是怎么看这类思想的？

郁志刚：这种思想一定是从那种终极的角度说的。我觉得道家真正的核心思想是顺其自然，道家更注重“形而上”的追求。道家一定反对考核，反对人为。

陈云昭：你一般读书会在哪里读？

郁志刚：我这个人喜欢一本正经地读，我从不在什么火车上轮船上读书。我只一本正经地在书房里读。

陈云昭：能概括一下你的读书方式吗？

郁志刚：我在读这本书的时候，我的思想链接了我曾经读过的或者我收藏的另一本书，也就是说，当你一本书读完的时候，其实你的桌上一定是堆了一堆书，而且这一堆书当中都有不同的页码夹着或者叠着，我喜欢这样的一种阅读方式，而且是跨学科的。

陈云昭：平时你的书是怎么购买的？主要是逛书店吗？

郁志刚：以前最传统的是去书店买书，书看多了就会知道哪些书是好书，有些书你看它一眼就觉得它在等你。我的大多数书，都是在书店里买的，后来我买大套的书也向出版社直接购买，他们也会给我一点优惠。还有就是我托人在网上买。我的朋友也会顺便买书送我。

陈云昭：能否给读者们推荐一些书？

郁志刚：好书有时因人而异，如果要适合一点共性的，除了上面提到的，我还愿意向大家推荐一些。

一是许倬云先生，他和钱穆先生一样是出生于无锡的百年以来中国最了不起的历史家之一，他和钱穆先生一是中学为本，一是西学为本的，可读性强些，适合大家读的有《许倬云访谈录》、《家事、国事、天下事》等。

二是周有光先生，我这些年觉得老人的访谈录非常值得读，如《周有光百岁口述》，他的《现代文化的冲击波》、《21 世纪的华语和华文》堪称深入浅出的学问书，大彻大悟的智慧书，真实平等的慈悲书，经典雅驯的语文书，非常适合各个阶层读。

三是资中筠先生，近年来出了五本“自选集”，她可以教我们今日何以自知自明的智慧，也教人做人应有的“底色”和“底线”。

Ⅲ 阅读散记

路上书与枕边书不同。枕边书可以厚得像砖头，晦涩得像还没熟的柿子，再不好读也架不住一天一小段慢慢蚕食。路上书则不行……

——艾小柯

1. 扮演一回『自己』——说说吴念真

文/逯存磊

“你要了解台湾的小说和电影，竟然不识吴念真？”有人做此设问。吴念真何许人也？他是《悲情城市》、《儿子的大玩偶》、《客途秋恨》、《恋恋风尘》、《海滩的一天》等电影的编剧，是杨德昌代表作《一一》的主演，是影片《多桑》、舞台剧《人间条件》的导演，也是一位小说家。我们久违了吴念真的文字作品，却时常可在台湾电影中见到其踪迹，包括演戏的身影和由文字转化而来的影像精魂，而如今这本引进内地的《这些人，那些事》是吴念真对自己生命印痕的记录，可以使我们看到那个朴实的面孔、乡土色彩的文化人之来路，非戏剧性、长长的镜头之外的文字表述是何种形态。

吴念真说，人生忙碌，日复一日地处身于角色扮演中，“自己”这个角色反而少有上戏的机会。而这一次的写作就是吴念真给“自己”的一个机会了，在记忆中的“这些人，那些事”，已化为他“生命的刻痕”，“只是……你们还记得我吗？”吴念真自问，是对自我的追索，也是乡土文化的一种反照。

于是，吴念真讲述父亲、母亲、弟弟的故事，讲述那个以挖煤为业的故乡小镇，镇上人们的辛苦与快乐，以及自己当兵时，或在台北见到或听到的故事。人在故事中，故事包裹着人，浸透了情感的润泽。如母亲在儿子的婚礼上，穿着一辈子没穿过几次的旗袍和高跟鞋坚持跪拜一百下以至于几乎站不起来，只为还愿“像我这样的妈妈，如果也可以养出一个大学毕业的孩子的话……”弟弟不堪生活的重压自杀，留下的遗书写着，“大哥，你说要照顾家里，我就比较放心，辛苦你了；不过，当你的弟弟妹妹，也很辛苦。”山下的火车鸣声响过，如男人的哀号；村子外绰号为“老鼠子”的孩子替自己采治病的草药，还要请吃“老鼠肉炒豆豉”，直到四十年后在台北邂逅，才知道他真正的姓和名字……吴念真是一个讲故事者，他之前并未刻意留过什么笔记，因为该记得的不会忘记，忘记的也就不必再强求了。

大约许多人都看过侯孝贤导演的《恋恋风尘》，那即是吴念真根据自身经历编剧的，片中的少年阿远如吴念真一样朴实沉默，初恋女友阿云在阿远当兵期间嫁给他人，兵营中阿远的痛哭失声如此哀伤，不知有着吴念真记忆中的几分真切？片末的镜头中再次出现顺山坡而建的居家在蓝天之下宁静矗立，渐渐拉开，空旷而辽远，人物的心境大约也放下了，生活的信念终归还是在持续的。吴念真在《这些人，那些事》中也涉及了关于爱情的故事，但大约都是在讲别人之情感嬗变，并未涉及自己，或许那一段“恋恋风尘”已然存档，虽实有却不必再重复了。而讲述他人之爱，也是别有况味的，如《重逢》："他"事业失败，只好开计程车，一日在机场竟意外邂逅昔日的恋人，"他"想自己没被认出来，默然开车，而"她"在路途中一个接一个电话打出去，给家里，给公司，给同事，车到终点，"他"还在犹豫，没想到女人忽然开口"……我都已经告诉你我所有的状况……家庭、工作、孩子，告诉你现在的心情、告诉你对过去同事的思念……什么都告诉你了，而你……而你连一声 hello 都不肯跟我说？"

吴念真讲情感，论世态，平平静静，有着岁月流逝的积淀味道。不管亲身经历的往事，还是听来的故事，琐琐碎碎，都是与轰轰烈烈绝缘的小人物。吴念真多叙述，少评论，不去渲染其中包含的辛酸与苦楚，浅浅勾勒，素描的方法映衬出一种淡然。迤逦数十年，台湾的世情百态、乡土社会的流变缓缓在我们眼前如幻灯片逐格播放，我们沉浸其中，体尝到陌生与熟识的交织，因为分隔许久，却依然血脉相连。

如许多的这些人、那些事，于吴念真而言，是生命中的相遇，"有微笑的抚慰，也有泪水的滋润"。有些已被他带入了《恋恋风尘》、《多桑》缓慢的镜头叙事中，更多的记录在文字里，因为这是给"自己"这个角色最佳的上镜机缘。写作本是一件私密的事情，而吴念真又以此记下许多私密的记忆，只是因为无法忘却，与其让它们流逝于时间的长河，不如以文字来背书，与影像构成一种互补。我们观之，仿若远景中的人与田野，无数的故事悄然上演，却与浓绿的空间渐渐融为一体，莫分彼此了。

2. 简朴生活的清澈与可能性

文／逯存磊

不知中国古代的诗人陶渊明归园田居，除采菊东篱、悠见南山之外，维持生计必需的农活是否亲力亲为？大概作为离职的官员，还是有经济余裕请得起家仆的，自己需要做的或许并不多，否则未必会有悠然之慨了。而美国作家 E. B. 怀特在二十世纪三十年代末自纽约搬至缅因州咸水农场，其田居生活很有货真价实的“料”，如某一年生产指标是四千打鸡蛋，十头猪，九千磅牛奶，他还要给农场里的十几只母羊接生：“还是新手时，我常常得费一把力气，将羊羔的嘴凑近乳头，让它咂奶。如今，我只须轻轻触动羊的尾根。”散文集《人各有异》，即为怀特五年田居生活的点点滴滴的记录，其对简朴生活的所思所想充满了多种可能性，摈弃“我们”，反求诸己。

怀特说自己决定把家连根拔起、从城市搬到乡村全是“出于冲动，草率行事”，一是在《纽约客》“不能按照自己喜欢的方式来写作”，再有居于纽约租住的房子里，从来没有家的感觉，于是“就像个疯癫的流浪风笛手一样，率领我的小家离开了城市”。其实，怀特这看似突兀的举动与他所崇敬的思想者梭罗是分不开的，梭罗隐居瓦尔登湖畔的生活方式与著述想来深深影响了怀特，因之业已年近四十岁，怀特仍旧接受独立思想与独立生活的召唤，毅然前往留有其童年印记的缅因州乡村生活，真切地操持一个农场的事务，这时的写作，大约应放在其农夫的工作之后了。

文人自城市向乡村的迁居，在我们这个地域，通常是出于策略谋划或半被迫，还有即为退休养老。如古代的许多隐士，其隐居更多的为求名利的途径，所谓终南捷径是也；而如果生逢乱世或末世，有操守的士人只有躲避起来，以全名节，如东晋的陶渊明，明末的黄宗羲、顾炎武、张岱等。似美国的怀特这样，在都市中事业顺遂、功成名就，忽然放弃打拼的一切，举家迁移到乡村去经营农场，不打折扣地做个农夫，在中国真是匪夷所思。想了许久，大约只有《儒林外史》开篇介绍的画家王冕庶几近之，以才名世，为保持独立终生不仕，不过他虽出身农家，小时放牛种田，但成年后以卖画为生，据记载似乎也不做农活了，在这一点上还是与怀特不同。看来这要归结到中西知识分子对劳动的观念差异上，怀特显然并不认为脑力与体力有什么截然的区分，而是一体视之的。

怀特对农事有浓厚的兴趣，他不仅不辞劳累地去做，而且兴致盎然记录下来，且有深切的思考。他种了苹果、南瓜、西葫芦、土豆、牛甜菜，捕捞鳕鱼、黑线鳕和鲭头鱼，猎杀豪猪，用炭火育雏炉养小鸡，生产了几百几千打鸡蛋，谷仓里垛了三吨干草，养羊，养猪等。即使周围的邻居并未把怀特当作完全的农夫，但也不视作外人看待。怀特还参加镇民会议，频频研究镇务报告，“看看这一轮十二个月的走势，钱是怎样花的，运气如何”。怀特所做的，表明他并不是把务农作为一种姿态，而是真真切切的本我的现实生活，他是完全投入的。怀特有着做农人的勤劳，也具真心的喜爱，更让我们欣喜的是，这是一位优秀的文体作家，其敏锐的观察力和洞察力可以将这一切细微的物什记录下来，见证简朴生活的清澈与可能性。

在缅因州农场，于怀特而言，最大的收获莫过于找到了“我”，以此作为发言的立足点。这事出有因，先前在《纽约客》，作为评论员的怀特曾这样想：“社评用语‘我们’让我困惑，这是个模糊字眼儿，意味集体的深刻或机构的共识。我想写得尽可能明白，没有丝毫含糊。”怀特没有明言的是，集体的模糊性也往往倾向于对个体自由的威胁与妨害，在某些特定条件下，以堂皇的名义为掩护，“个”在“群”的覆盖下可能会遭受灭顶之灾。而归园田居之后，怀特不管是谈农场、自耕农、牧人生涯、野营布道会、镇民会议、缅湖，还是谈夏季鼻炎、儿童读物、波士顿猿犬、羊群、堆肥、猎熊、歌鸟、奶牛、汽车、欢乐牌冰淇淋……都自始至终贯穿着“我”的声音，将自己的存在感发挥到了极致。在某种程度上，不论怀特谈什么，事实上都在谈他自己，因为万物入“我”眼，皆着我之色。

不必再替“集体”代言，想必让怀特松了一口气，体会到简朴生活的美妙。他于农务中体尝到了乐趣，也于对其的书写中感觉到立足于“我”的酣畅与明晰。而有意味的是，在如此务实而单纯的生活中，怀特的独立思考非但没有消泯，反而更其活跃起来，他可以自时政大事谈论话题，也可以由生活中的针头线脑引出，如一天，收到了政府配给的石灰石粉，引起了怀特的细细思索与用心鉴别：“我确实感觉到，本届政府热切地想要对我和我的土地实施善意的控制，‘调整’我，同时改变我的高地田的土壤反应。”见微知著，怀特时时没有忘记对“集体”的警惕，这根弦表面似乎绷得有些紧，但自公民的角度看，怎样的警觉都是不过分的。另有如阅读林德伯格夫人的《未来之潮》，此书主旨是赞同法西斯主义，认为民主制度病入膏肓、无可救药，怀特认为民主制度即使未尽成熟，但它蕴含了一切的希望，因为“民”意味着人民，而纳粹标榜“纯种民族”，“这是个赖以建立‘新秩序’的卑鄙理念”。实质上，这仍是怀特关于集体与个体之关系的思考，任何以集体的名义压制甚至毁灭个体的所谓“主义”和理念，都是他不能容忍的，而德国纳粹发动的战争正与他所信奉的自由与民主背道而驰，必欲驳之而后快。此时，怀特没有了“我们”的拘囿，尽情地释放着自我的声音。他坚定的信念，辅以敏锐的观察，给予世人平静而真诚的文字。

怀特之追求简朴生活，在他的时代，不知有没有受“不识时务”之讥；而若放在当下这个喧嚣的掘金年代，的确是个另类举动（自然亦有人付诸实践）。怀特认可的生活方式显然与物质无关，而是审美的，但如此精神层面的追求并未使怀特凌空蹈虚、不着实际，他踏足于泥泞与尘埃中，真真切切地做着一个农夫分内的所有实务，“谷仓里神秘地出现一捆干草，又冒出一只矮脚鸡，自得其乐地生活”，此种场景不论于他的想象抑或现实中，均为切实映像。固然，五年之后怀特结束了他的农场生活，又回到了城市，但如其所说，人的一生总会有些时候，头脑异常清醒，而不是迷迷糊糊，这几年就是如此的状态。人总有思想的困惑与扰乱，也面临着诸多的选择，此时是遵从内心的召唤，还是屈服于外在的压力，是个体独立与否的问题，怀特选择的是“立即动身，从哪儿来，回哪儿去”，那我们自己又该如何呢？

3. 路上书

文 / 艾小柯

出门旅游，除了必备衣物、地图、零食之外，包里还总少不了一两本路上书。

路上书与枕边书不同。枕边书可以厚得像砖头，晦涩得像还没熟的柿子，再不好读也架不住一天一小段慢慢蚕食。路上书则不行，外出旅游，眼睛的主要任务在路上风景，手中小书不过填补空隙的零散补充，节奏要适宜，情节得抓人，文字该顺畅，语气须幽默。这要求说来实在不低，机场货架上畅销书们未必都能胜任。

必读的一本当然是阿兰·德波顿（Alain de Botton）的《旅行的艺术》。他从出发写起，行者心理和动机、目的地的历史文化、名人轶事、行游艺术，直到返回自己熟悉的卧室，借外省内，升华至灵魂的涤荡。德波顿写得轻松，严格的结构体系下泉水喷涌般的内容天马行空般宽泛自由，读来让人时不时会心微笑，不愧为“旅行的艺术”，确是每一位出游者都不该错过的好书。

小说也是旅游者的好选择，经典短篇最佳，既易收尾，又有回味，若其中收录几个与目的地相关的小故事那就更妙。长篇易读的通俗故事也可，但像丹·布朗（Dan Brown）的《达·芬奇密码》之类的紧凑悬念小说又未必适合，因为故事太抓人也有副作用，搞不好出游时心不在焉地思忖下面的情节发展，更有书痴说不定干脆躲在旅馆里拒不出户，这岂不坏了旅游的本意？

如果说短篇小说适于做路上书，那散文诗歌估计也可，但也不尽然。散文诗歌的风格性极强，太过严肃正经家国春秋那类绝不适宜路上速读，好读的都是诙谐幽默段子层出不穷的，比如我就极爱梁实秋的《雅舍小品》。但可惜《雅舍》小短文居多，车船舟马的大块时间就没法用太过零散的小豆腐块来抵挡。须长时阅读，那还得回归故事。

我记得小时候坐火车出游时列车员常拿大摞杂志报纸沿车厢贩卖，销路最好的是《故事会》跟《法制生活》，后者的俗艳封面让我印象深刻，但内容其实噱头居多，现在回想则完全不具任何细节。这样的口水读物，就跟走马观花、到此一游的旅行方式一样，读与没读，游与未游没太大差别，怎么都是一片空白。当然打发时间也无不可，但既然花心思看了，不留下些什么总归无法甘心。

至于关乎旅行本身的指南类读物，我倒觉得该在出游前，而非出游中阅读。初到异地，满眼新奇新鲜，临时抱佛脚狂翻指南还不如逮住一两位本地人寒暄来的信息多。而指南，顾名思义，在于指明方向，提出建议，这些都是出行之前做功课时才该参考的书籍。我不喜欢头脑中毫无概念地探访陌生地域，哪怕是偏见之类的观念，也觉得比没有精彩，否则就丧失了惊奇、讶异、“原来如此”的乐趣。当然更大的风险是与最有特色的风景失之交臂，这想必才是旅人的最大遗憾。

4. 回来做自己

文/杜若

65岁的蒋勋在北京剧院讲《美，看不见的竞争力》，有一段话让我深深感动，他讲到禅宗由来“拈花微笑”，说：“这个文化底蕴这么深厚的民族，这些东西都会找回来……因为我相信这里有过齐白石，有过曹雪芹，有过我敬仰的这些人物，这个城市，它的文化的底蕴还是最厚的。它一点都不输给巴黎，也绝不输给纽约。所以那个自信怎么找回来？我相信那个时候根本不要大声疾呼地谈竞争力，你本来就有竞争力，因为，你可以回来做你自己。”

庄子说：“天地有大美而不言。”天地环抱那么多的大美却不说，而蒋勋是那个无所不在言美的人，他爱美，所以他走到哪儿都会在胸前挂着一块玉，他常说自己与宝玉有缘。他也爱温润的宋瓷，斑驳的青铜，遒劲的书法汉字，蒋勋不太爱去讲那些刚硬坚强的伟大道理，只是回来做他自己，有些脆弱，有些不安和焦虑。

蒋勋曾经是不快乐的孩子，他继承母亲的悲伤与敏感，母亲把去国怀乡的幻灭感、婚姻不如意的悲凉感，通过血液、脐带和隐秘的基因，提前埋入他的身体。“母亲是满族正白旗人，外曾祖父是西安最后一任知府，后来家境败落，外祖母带着母亲，寡母独女，生活在只余下一副空壳的府第之中。那个被抢空了的家宅依然占据着西安二府街的整条街道。10 来岁的母亲每晚都要独自穿过一进一进的门廊，去私家佛堂上香，宗祠两旁列祖列宗的画像，在黑暗里严肃地注视着这个扶着蜡烛、战战兢兢的少女……”这是母亲的叙述，也是蒋勋的想象。“我没经历过那个时代，但那画面我熟得不得了，母亲身上因此始终有种奇怪的忧郁，她的心事我都懂。”领教过繁华背后的幻灭，繁华就成荒谬。1949 年，蒋勋随父母举家逃难到台湾，当时他只有两岁。这已不是他们第一次逃亡，所有身外之物全成为活命的负担，在慌乱的迁徙中被丢弃干净，曾经的贵族后裔沦落到身无分文。“我始终觉得台湾就像南朝，偏安一隅。”后来，他爱上了东晋王羲之的书法，爱上了南唐李后主的诗词，爱上了南宋的绘画……出身北方高门望族的王羲之在永嘉之乱中举家逃亡南方，过江时看到无数尸首在江面漂浮——每次读到这一节，他就仿佛在阅读隔代的自己。

蒋勋美的启蒙就是来源于他的母亲，那个即使过世后依然长久留给蒋勋气味的人，她引领少年的蒋勋步入诗歌、音乐、书法的艺术殿堂，滋养他的浪漫情怀，而蒋勋严格的父亲却把他拉回到儒家的境地，让他读四书五经。感性又理性的蒋勋，同时也是孤独的。他把自己内在世界里，从来无法跟别人沟通，甚至无法讲出来的心事，深藏最深的孤独感，用以和自己对话。我想，有多少细微感动、觉察，是他在这样的孤独里完成的？面对孤独的自己，蒋勋能否看见那些——“残酷青春里野兽般奔突的‘情欲’，众声喧哗却无人肯听的‘语言’，始于踌躇满志终于落寞虚无的‘革命’，潜藏于人性内在本质的‘暴力’，不可思不可议的‘思维’，以爱的名义捆缚与被捆缚的‘伦理’”——这些人之所以为人的重要原因？孤独的蒋勋更加安静地面对人世，他说只有安静下来，才能看见真正的美。他回到诗歌，体会王维“明月松间照，清泉石上流”那样简简单单的美。看到凡·高《星空》那样华丽的美，他站在画前都哭了，那样的纯粹恐怕只有疯的凡·高才会看到，凡·高太直接，把所有爱恨都画在画里，我们不太敢纯粹，因为我们把爱恨做了很多委曲的妥协。只有天真才会看到最美的东西，这些美还原到人自身的原点，人的原点回不去，会很辛苦，庄子说“忘”，该忘的东西要忘，只有忘记一些东西，才能还原到比较本真的状态。蒋勋说希腊有个雕像，一千多年前的了，一个小女孩把一朵落花放在鼻子闻，很普通，但是我们都会觉得很美，回到现在，可能我们走在路上，看见脚边的一朵落花，也会捡起来放在鼻子闻，美是没有时空界限的，只是人本身而已。他在巴黎读书读到第四年，在华丽的香榭丽大街上，走着走着就突然好想家，忽然一下子热泪盈眶，那时的巴黎已经入秋，叶子在往下掉，很荒凉，忽然有一阵雨下来，鼻腔里会嗅到一个气味，那个气味是什么，是台湾下雨过后，被太阳一直晒 10 个小时的泥土跟热的那个气味，我们会因为一种气味就眷恋故乡，最真诚的情感也是美。读《红楼梦》读到哀伤、心痛，他却可以回到人的原点，用“还”、“轮回”的东方哲学来理解人的这么多性格里不可解的荒谬的现象，处处慈悲，处处觉悟。他在故宫看《清明上河图》，其中有一段，讲一个官吏走出轿子，回头望了一眼衣衫褴褛的乞丐，蒋勋为之动容："一个那么高高在上的官吏，他能回头望一眼那个那么卑微的乞丐，就已经很了不起了。"

蒋勋得自史学、佛学、美学等多元的熏习，对岁月、礼仪、人世间的各种符号，都有有异于俗众的敬重。常民生活的细腻体贴，养护他一颗敏感温热的心，使他能自在地行走在繁华与废墟的迁变里，而不虞元气消散。像在洒金的绢帛上摹写着一篇篇眷恋红尘的诗篇，蒋勋的散文，但有悲情而无愤意，也因慧智。张晓风说蒋勋善于把低眉垂睫的美、沉哑暗灭的美唤醒。而蒋勋说，我只是做回我自己。

5. 读经典

文／周眠

读经典，有好多误区。比如，好像每天都必须端着一本经典读一读才算正常过日子；比如，人，尤其是中小学生，要读过很多经典才成。否则，跟别人谈论起来，会很不好意思。

事实是这样吗？

经典读物，即指那些常知而少读之书。对此也无须羞于承认。有些书经典得无与伦比，我们只好不去碰它，好像一碰它就会危及它的经典地位似的；我们只愿意小心翼翼地吐出它的名字，就像在谈论一个让人肃然起敬的人物那样轻声细气；你最好不要去读它，最好和别人一样，只要想象它的内容有多好多好就好了。因为我们的这些努力维护，经典读物才有了它高高在上的地位。

甚至，也许有一些书吧，一些其实并没有人曾经读过的经典读物。

经典太烫，如日行于天空，谁都知道它在那里，但谁都无法去看一眼，更别说长久凝视了，除了执意要瞎的人。

因为很少人真正读过经典而只是声称读过，于是，在和这些人谈论的过程中，就引起了更多的误解。比如，好像经典读物必须是甜蜜的，美妙的，有趣的，如此才够经典。

在没读过经典的人的想象中，经典读物就像小学语文一样，健康而规范。

实际上并非如此。经典横空出世时，语言挑战旧时代的语言，超越旧时代的伦常事理。它不甜蜜，经常苦涩。它不轻松，时常如马拉松一般挑战人的耐性。它对读者是不客气的，因为生命没有时间瞎浪费。它是巨人和巨人之间的对话，是太阳中的图画，无法凝视，又必须凝视。如果没有做好准备便阅读经典，会时常被划得满手荆棘。

所以，读经典要懂得耗散。歌德说，每年只能读两部莎士比亚，读多了会崩溃。他自己的《浮士德》，用了大半生写成，写知识、爱情、政治、事业、美等人生大题，伟大之人，一生写成，妄图一个小时就看完接受？会瞎的。

魏晋人最懂得耗散之道。散步即是他们的发明，因为要耗散酒药的效力，不然就被烧死。真理火烫，世道冰凉，修佛讲究在日常中修，因在柴米油盐的日常耗散中，才接得住那一点点真经真火的味道。

耗散的道理，有点像“读万卷书，行万里路”的意思。读万卷书常作一条路走，行万里路只作一本书读。前段时间我去甘肃行走，心心念念在敦煌，要给它写一个戏。若在家翻翻敦煌丰富的资料，也可以写成，可大概很难写进生命的底色。因此就像读经典一样去读敦煌。敦煌之行包括了去敦煌的万里路，包括了从飞机上俯瞰丝绸之路，从兰州朝发夕至的行程，它的气息，石子，沙砾的声音。经历了这些，再去当面读敦煌，这样仿佛“效率很低”，但其实收获很深刻。归程落笔，旬日而定稿（不能写太长时间，也是因为太烫），写出了一个敦煌变文体的剧本。我觉得这是一次很深刻的经典“阅读”体验，并且延伸了经典阅读的体验，来到了体验后的写作。领略之后写出来的东西，“其意之申，非唐时变文不可；其神之达，非咏叹舞蹈不可；唏嘘远别、错愕时空、斗战求败、婆娑自毁，非涕泪悲泣不可”。然后它的形式也如敦煌文书一般，是呈卷裹的形式。我想这一切都有内在的关联。

经典烫了我一下，然后，我再去烫世界一下。

读多少经典才算好呢？我觉得大量读经典，只不过是商家的行销策略。经典，读一本就够了。你可以背诵《史记》，成为史学家；可以自己翻译《哈姆雷特》，成为戏剧工作者（我就是这么做的）。那叫真读透了，然后有了你自身的见识，它就是你的了。经典是可以抢劫的，只要你把它背下来，它就是你的。

但是读经典大可不必正襟危坐地读，因为它大概也不曾是正襟危坐地写成的。

我们日常被现代的便捷、商业、油气、套餐包围，不觉变得异化，变成了陌生于灵魂的人。我们行于这个商品和转基因的时代，经典指引我们在热闹和枯寂中寻找自我的英雄之路。学会如火地生，如火地死，这也许是读经典的意义。

祝大家耐得住寂寞，读得出经典读物那无趣的真味。

6.《论语》中的春游记

文/周眠

一想到春游就想到《论语》了。一方面“论语”这个词，与“折花”、“游园”、“赏春”的结构相同，另一方面有些篇幅天真可爱，很有人类之春的萌发意味。

而《论语》里头洋溢青春出游之美妙的，一时想起的有两段，一段是“莫春者”，一段是“子路从而后”。

“莫春者”：子路、曾皙、冉有、公西华侍坐，孔子说你们可以各言己志，问到曾皙的时候，是：

“点，尔何如？”鼓瑟希，铿尔，舍瑟而作，对曰：“异乎三子者之撰。”子曰：“何伤乎？亦各言其志也。”曰：“莫春者，春服既成，冠者五六人，童子六七人，浴乎沂，风乎舞雩，咏而归。”夫子喟然叹曰：“吾与点也。”

这段让我想起青春之游的还不是“莫春者”那句话。“莫春者”那样的情境，放在今天可也变了滋味了，今天的实际情况很可能是：

暮春到了，气候变异却下起雪来（莫春者）；去商场一看，合适的春衣已经要价三千多了（春服既成）；去旅行社报名，一条普通的看古镇泡温泉的线路，一个团有七十多人（冠者五六人，童子六七人，浴乎沂）；路上的一切都走马观花遗忘在风里了（风乎舞雩）；只记得一路上旅游车循环放着《爱情买卖》（咏而归）……于是夫子喟然叹曰：吾有点晕。

这段话有点变味道了，可是“铿尔”还保留着青春的原味。情况是这样的：高中语文课的课外题，脱离上下文，要分析这一句：“鼓瑟希，铿尔，舍瑟而作。”

脱离了上下文，的确需要超高的阅读想象力吧。老师点了好多人来回答，谁也答不上，我也是。任谁一被点名，椅子就不情愿地往后铿铿作响。老师问了半个班也没人答得出来，最后生气地解释说，就是弹瑟的声音渐停了，“铿”一声，推开瑟立了起来。这么简单的一个动作都解释不出来？

之后一读到“铿尔”，就想起课堂上的铿铿椅声，想起当年课堂的紧张气氛。这“铿尔”里头，也灌注了特别强烈的青春荷尔蒙气息。“铿尔”在我，便有了这样一解：只有年轻人才会这样“铿尔”地不讲究斯物有情、轻拿轻放，走到哪里都是铿铿然。只要是青春做伴而班主任不在，便可以“铿尔”地激昂文字臭屁古今。从这个意思上说，“铿尔”便成了青春好时光的代言之声了；从这个意思上说，也才有了真正铿铿然的“风乎舞雩，咏而归”。青春的神游何在？《论语》中的瑟还在“铿铿”作响呢。

还有一段是“子路从而后”——

子路从而后，遇丈人，以杖荷蓧。子路问曰：“子见夫子乎？”丈人曰：“四体不勤，五谷不分，孰为夫子？”植其杖而芸。子路拱而立。止子路宿，杀鸡为黍而食之。见其二子焉。明日，子路行以告。子曰：“隐者也。”使子路反见之。至，则行矣。子路曰：“不仕无义。长幼之节，不可废也；君臣之义，如之何其废之？欲洁其身，而乱大伦。君子之仕也，行其义也。道之不行，已知之矣。”

《论语》里头多有“从而后”的状况，旅行辛苦，不知道什么时候谁就掉队了，或者走累了，别人先走我留宿。这句“从而后”本来是普通的话。但是这一句拿出来独有意味：疲于跋涉的子路碰到了荷蓧而归的村人，从而引出了远古一段不算圆熟的风雅，引出了孔子对“隐士”的传统评价——无非“不仕无义”之类的大道理。孔子一生执著，比如这周游列国向前冲，总觉得理想在别处、他乡即天堂，没有慢下来的机会。但“子路从而后”让人怀想。我时常想象一个月明风清的夜晚，青草之香，惊蛰之鸣，乡间小路上，有一个孔子身边的人，偏离了那么严肃的人生正题，不严肃地放慢了脚步；一个严肃的人一走神，一声不“铿”地变成了性情中人——那是子路从而后。

所以我跟着大队伍游玩的时候，也常爱走在最后边。因为队伍的后边，有前人萃取了人生正题后留下的东西：风景。

春游快乐！

7. 找寻私人的精神家园

文\江北

一个人一生能读多少本书？正常的严肃文学作品都有数十万字，有效率的读者一个月最多也就能精读上两到三本，如此一年不过三十本，究其一生能拥有上千本的阅读量已是相当了得了。而这个数字对于今日的时代，显然有些难以适从——全球的出版业一天就发行数千本书。

如今的读者无书可读的困境，恰是因在这浩如烟海的书本面前不知如何下手。正因如此，各式花样繁多的“理想藏书单”应运而生，标注着某某大师推荐，或是由知名学者团体整理的名堂，在图书市场上流行起来。它们像是饥不择食的小贩，把荤素不搭的各种书砖堆砌到单上，任由读者自己生吞活剥下去。

阅读原本是件私密的事情，坐在小屋子中，一盏台灯，一杯清茶，与故去的先贤交流智慧，其中的快乐和喜悦只有读者自知。任何功利性的阅读方式都不可取，那些教人泛读的办法都是对阅读原始乐趣的扼杀。踏踏实实地读上一本书，耐心并伴随着思考地享受其中才是真正宝贵的阅读体验。

照着别人推荐的书单阅读，固然是件节省时间的办法。而然，国内的很多藏书单，倒不如说是家装饰品推销手册，动辄就上万册的推荐，连续数页的马列毛选、伟人传记，我很难想象有多少读者能耐心读完，更不要说里面又有多少书是真的值得一读。这些书单中也有一些佼佼者，比如法国人编著《理想藏书》相对来说受到不少好评。不过细细翻阅下去，其中也有一些美中不足：亚洲文学几乎全是日本文学；卡夫卡没有收录《变形记》；歌德没有收录《少年维特之烦恼》；尼采的《查拉图斯特拉如是说》被归类到文学类；而《悲惨世界》则被放到儿童文学的分类下，只能说法国儿童都太牛了。

阅读还是一件自我的事情。同一本书对于不同的读者都将有不同的精神体验，别人整理出来的藏书单再好也不一定适用于所有人。即便是文学大师也很难站在几千年的文明积累前，说哪些书是值得一读，哪些书不值得一读。

我相信，阅读这件事情是有着精神血缘的，譬如笔者读起深晦的陀思妥耶夫斯基便如痴如醉，在一个个墨夜里来回翻阅，激动得辗转反侧；但读起普鲁斯特的小说，硬着头皮难以下咽，翻到一半从此弃绝。某些名作大家即便被万人推崇，他的作品也不一定适用于我们每个人的精神世界。

阅读的精神血缘，似如一种味觉的自然选择。当我们身心上缺少某种元素，在口味上便会偏爱某种食物。那些对于我们有用的阅读，正是我们心中所缺失的力量。相对于一个意志坚强、无惧生死、内心充满着对生活原始热情的读者来说，《西藏生死之书》对他而言可能就毫无作用；但对另外一个内心细腻、恐惧未知、精神生活在焦虑不安中挣扎的人来说，读起这本书也许就会有莫大的启示和帮助。

作为读者的我们，如何去寻找自己心中的理想藏书？真正好的办法不是去翻阅别人总结出来的藏书单，而是通过耐心的阅读实践，摸索出一条符合自己的精神血脉。

去理一个完善的家庭藏书目录，是每个读者都有的小小期盼，就好像在一面墙上构建一个完全自我的小世界。单单是凝视整齐罗列的书架，大家的心中都会有种莫名的喜悦，提醒着我们依旧记得世界的辽阔。

成熟家庭藏书目录，不应去追求广而全面，该是细而精致，单单是扫上两眼目录，就可以看出户主的个人气质。它该像一件精雕细琢的工艺品，由丝丝缕缕先贤们的智慧编织，撑起一户人家的精神花园。那种由成套未拆封的精装名著堆砌起来的书墙，除了彰显户主的财力，根本毫无价值。

对于一个细而精致的藏书阁，一千本书足以。

当它们由您精挑细选地摆放成排，走在其中，就如漫步在世界的缩影里，一个完全个人的世界。这排是欧洲，那排是美洲，伊斯坦布尔藏在架子的第三层，贾府大观园触手可及……你并不需要每本都能倒背如流，但能知道哪些是重要的，哪些是不太重要但容易读的，哪些是经典作品，哪些是任何教育都不可缺少的部分，哪些是不必记住但又是历史的有趣说明，以及哪些是真正从内心里打动你的……

挑选这些藏书，排除专业书籍，大体上可以按照文学、哲学、宗教、教育的分类来挑选。譬如教育类应该包含儿童文学和成人教育。不推荐让儿童去接触一些黑暗晦涩的作品，除了一些经典的童话作品，有几本中国传统的民间神话故事集会更好。成人若能选读几本儿童心理学，如《蒙台梭利早期教育法》这类的书，对于家庭藏书会更有用。

宗教类的书籍很难评断价值，有人读了一辈子的《圣经》觉得依旧没读透，我们不必追求透彻。像房龙编著的《圣经的故事》读起来轻松，可以作为不错的藏物。而东方传统宗教，如《坛经》的现代注释本相当好理解。如今，也有很多上师活佛们的作品，既深入浅出又包含哲理，如宗萨蒋扬钦哲仁波切所著的《正见》便是其中非常优秀的作品。

关于哲学类的书籍，现成的书目很多。笔者建议大家可以随便翻阅一些哲学大家的作品，慢慢寻觅自己的哲学的精神血缘。

如果您对尼采的作品唯独有爱，被他的超人意志所感动，那便可踩着这条血缘线，往上去读叔本华；或者加缪的那句“我反抗，故我在”对你一击则中，就可顺藤摸瓜地去阅读下存在主义鼻祖克尔恺郭尔的书籍，以及那些有着存在主义血脉的作家们的作品，比如卡夫卡、萨特，等等。

这一切都是水到渠成的事情，当你对一个作者感兴趣，找到了属于自己的那条精神血缘后，从作家的点点滴滴的书信日记中，就会得知那些影响了他的人的名字。耐心地阅读下去，继而展开了一条宽广的阅读线，而且你绝不会后悔。

一个私家藏书目录，文学作品肯定要占个大头。正如前文说过的那样众口难调，依赖任何藏书单都是不可靠的。有人热爱偏男性色彩的严肃作品，有人喜好偏中性的细腻佳作，文学作品又如此众多，该如何去筛选收藏呢？

照搬文学奖项的名单，兴许是个聪明的办法。就拿诺贝尔文学奖来说，可以去路上随便问一个人：第一届的诺贝尔文学奖得主是谁？没有人会知道答案，那是一个不太出名的小作家。但那届提名失败者中，有一个人叫列·托尔斯泰。

如若不要盲目跟风地收藏，可以有条理地筛选阅读：俄国文学、美国文学、东方文学、小国文学及欧洲文学。古典时期的作品有很多，无论是西方的大、小仲马还是中国的四大名著，能经过数百年的时间检验，几乎都是佳作。这类作品的书单，一般读者都耳熟能详，不用再去复述一番。我们只聊聊如何去在近代作品中寻找适合读者自己的精神血脉。

俄国文学晦涩沉重，似乎那儿的作家天生就被西伯利亚的寒冬镀上一层苦难的色彩。一个读者可以不喜欢，但好的读者绝不能绕过。俄罗斯文学的三驾马车，白银时代的诗人们以及后来的解冻文学都可以拿起来阅读一番。

还有美国文学，许多学院派习惯性地对之嗤之以鼻。但美国流行文化对全球的影响十分重要，即便我们不愿去承认它是世界的中心，却也难逃其左右。而影响着美国文化根基的嬉皮精神、“垮掉”文学、黑色幽默中不乏优秀的作品。美国的作家有种天性的乐观，他们的作品读起来轻松愉快，但不失文学独特的力量。

我们最熟知的就是东方文学，无论是日本的大江健三郎、川端康成，还是国内的知名作家，大家都可如数家珍。读者们萝卜青菜各有所爱，也就不在此细数出高下。

所谓的小国文学，也就是指那些并非文学中心国家的作者们。比如土耳其的帕慕克，巴基斯坦的拉什迪，哥伦比亚的马尔克斯以及同是南美的略萨、博尔赫斯，等等。昆德拉曾经提出，随着文化的互相融合，文学作品已经很难再用地域色彩来区分，南美小说延续了古希腊的悲剧精神，东方作家模仿着西方流派的技法。某种意义上，这些我们耳熟能详的作家都是在写着“欧洲小说”。

作为文学中心的欧洲，荒诞派、超现实、意识流、新小说……流派繁多，随便去一个文艺书店，欧洲作家的书就占了大半墙壁，读者可以任意挑起一本顺眼的书去阅读。

之所以提出五大类的文学，不过是方便读者从感兴趣的方向去寻找精神血缘。如果你拿起博尔赫斯的小说，读得不亦乐乎，那你准会喜欢上卡尔维诺万花筒式的想象力，随即跳进《追忆逝水年华》流动的思维河流。

兴许你被王小波的政治小品给打动，那你可以受其推荐而去阅读下英国佬的《一九八四》。若你喜欢这类幻想小说，反乌托邦三部曲还有苏联解冻文学都会使你喜欢。

读完解冻文学的代表作《人・岁月・生活》，不免会对俄国白银时代的诗人们起兴趣，当曼德尔施塔姆深深打动了你之后，返回来你又会重新发现北岛。

我在阅读的初期，偶然发现了卡夫卡，出于对他的喜爱，而去读那个被他称作“与我有相同血缘”的陀思妥耶夫斯基，而后一发不可收拾地爱上同样推崇陀翁的纪德、加缪等人；又因陀翁说过“读懂我必先读懂塞万提斯”，迎面而上在《堂吉诃德》那里找到了自己的古典血缘。当然，要是喜欢上卡夫卡所描绘的世界，那折回中国，便会发现残雪女士独特的魅力。

别人推荐的书籍，你并不一定会喜欢。但你自己热爱的作家推荐的书，绝不会让你后悔。要完善一个精致且独具品位的家庭藏书阁，与其参考别人现成的东西，不如踏踏实实地阅读，摸索出自己的精神血缘。理一份属于个人的理想藏书单才是读者最大的乐趣。

8. 心是孤独的猎手

文／江北

读者们聊起文学经典，很少有人会谈到美国作家。相比西欧文学的恢宏大气，俄罗斯作家的深邃广博，美国作家除了几篇不错的黑色幽默，实在难有什么作品挑起经典的“大梁”。我也是这几年才开始涉猎美国文学，在与帕拉纽克嬉笑怒骂，和布考斯基对酒当歌之后，却有一本出自美国南部小镇作家之手的作品，给我留下了挥之不去的印象。

我不记得当初是在何处得到这本书，不过我记得发现它的时候，它的封面就引起了我阅读的兴趣——一个女人的黑白照片，夹着卷烟，托着下巴，睁着疲惫的双眼注视着观者；书名的七个黑字印在上面：心是孤独的猎手。

这本书描述了一个简单的故事：一个聋哑人，一个白人矮子，一个黑人医生，一个小女孩。每个人都习惯找哑巴倾述自己的理想，并以为礼貌的哑巴理解他们，然而自始至终哑巴根本不关心他们的事……

说实话，它的故事平淡无奇，甚至也有一些硬伤。当然，兴许是麦卡勒斯所处时代的关系，那是一个共产主义思潮吃香的年代。作家、艺术家争先恐后地加入共产党，甚至连一向引领艺术潮流的毕加索都是共产党员。也许麦卡勒斯在 21 岁创作它时，就努力加入一些她认为的深刻的东西，让自己的小说看起来更“经典”一点。然而，一百年过去了，她的作品得以畅销并非因为那些深刻的玩意儿，而是她自己文学上朴实无华的魅力。

什么是经典？经典的标准是什么？这个话题读者一直争论不休，有人把发人深思作为经典，有人把催人泪下作为经典。而然在我看来，文学并非什么奇迹，很少有人会因读一部小说而改变人生。昆德拉说过：文学从来不创造新的事物，而只是发现人们早已知道的东西。文学不过是发掘出人性上某种共同点，而给予它一个名字罢了。就像《洛丽塔》命名了“洛丽塔”，希腊神话命名了“俄狄浦斯情结”。而麦卡勒斯在这部小说里，揭发了一种人类永恒的孤独，给予人类一个新的名词——“心是孤独的猎手”。

当我读完这本书，一时之间我却不知道如何去评价。书中信奉马克思的矮子一直试图改变工人的地位，他苦闷地坐在小巷台阶上对着几个工人宣传自己的思想，得到的仅是几句奚落与嘲笑。他只有跑到哑巴的家中，对着哑巴把一天的挫折倾述一空，才感到心情宁静。

我们又何尝不是如此？我想起自己年轻的时候，胸中满腹抱负，常常情绪起伏，偶尔想到了什么，仿佛天人顿悟，立马就打电话给朋友倾述。当朋友睡眼惺忪地接起电话来，听我一个人滔滔倾述之后，只是支吾两句。挂了电话，大片的孤独包围了我，我还觉得朋友并不关心自己，而不知我不过是在面对某种人类永恒的孤独。

这孤独并非是酒醉独自归家的孤独，也不是深居老林的孤独，而是面对面敞开胸怀交谈时存在的孤独。有时和朋友聊天，各自说起最近的生活，当我大讲特谈自己工作上的压力，对方却只是哈欠连天；而我一说完，他又说起自己最近的感情挫折，我也只是支吾了事。聊了很久，忽然才发现两人不过是各说各话罢了。此时，我脑中会忽然想到《心是孤独的猎手》的情节：大家都对着哑巴倾述，而且哑巴只关心他的伙伴，而他的伙伴也只想自己肆意妄为地生活。没有人理解他人，也没有人被理解，正如克尔恺郭尔多年所预言的那样：我们活在一个相当孤独的年代，每个人都如在冰上行走。

这份孤独，它时刻存在于任何地方：家人的餐座上、同事的会议室里、朋友的酒席中……一切都如麦卡勒斯笔下所描写的那般，每个人都在忍受着自己的孤独。

作者出版了这本书数年之后，她就陷入终身瘫痪，一生都待在美国南部某个阴雨连绵的小镇。我想她早已尝尽孤独的真谛。而我，也许多年以前，能冥冥感到这份孤独，但真正让我发现它，也正是因为这本书。

经典是什么？在我看来，它不过就是为人性上某种微妙情感提供了一个名词，正如麦卡勒斯的《心是孤独的猎手》，当你读到它，就如某种困扰多年的疑难杂症被确诊。它不会让你的生活变得更完美，但却能让你对生活的瑕疵释然——因为并非你一个人承受这份孤独，一切不自我们始，一切不至我们终。

9. 几米的绘本

文/吴正毅

大约是十年前了吧，一个暖风醉人的午后，我到同学宿舍串门，在桌上发现了几米的绘本《我的心中每天开出一朵花》。随手翻翻，清新绚丽的画面，配着简单随意的文字，是很吸引人的新奇风格。那时的概念里，成人阅读的书必是文字越多越显厚重，插图只是起到锦上添花的作用，哪有这般绘画占据大幅版面的？然而无论是那精美的装帧设计，还是书中绘画文字直抵人心的熨帖感觉，都让我觉得这本书是真正称得上“好看”的。

由于这先入为主的接触，我最喜欢的几米绘本不是后来风靡一时、被改编成多种影视剧本的《向左走，向右走》和《地下铁》等，而是这本《我的心中每天开出一朵花》。在这本书中，每幅画都是独立的心情和故事，其中有幅作品一下击中了我的心灵，直到今天我还常常向朋友提起。这便是《单纯的幸福》：画上主人公快乐地坐在悬崖边远眺，身旁绿草如茵，野花盛开，而在他身后的山坡上，一块巨石正悄悄地向他滚落。“总在快乐的时候，感到微微的惶恐。在开怀大笑时，留下感动的泪水。我无法相信单纯的幸福。对人生的起伏悲喜，既坦然又不安。”——旁边的文字这样写着。当我慢慢走过无所畏惧、单纯幸福的青春时光，经历生活中种种琐碎烦闷的过程，便越来越觉得幸福的珍贵与易碎，快乐时再不敢那般张扬地大肆炫耀，那种“既坦然又不安”的情绪常常涌上我的心头。几米那些带有几分稚拙但明亮温暖的画作，和率真诗意的文字就这样流淌到我的心里去。因为他是在生死边缘挣扎过的人吧，所以对人生的感悟能够如此深刻，却又不说教、不做作，让人觉得他是那种在你身边静静聆听你倾诉烦闷的朋友，而不是高高在上灌输人生道理的圣者。他让我们用另一种眼光和角度去观察这个世界，即使在最深的绝望里，也可以看到最美的风景。

不过，当年我也曾有些怨念，这薄薄 20 页左右的画册，卖到 26 元的“高价”，对当时身为学生的我们来说还是颇为奢侈的，难道这书只有“精装版”，而没有“平装版”？后来，逐渐接触了几米一系列的作品，也看到“绘本”这一形式逐渐在大陆风行起来，才慢慢悟出了那精美包装背后的道理。几米的作品，并没有太深广的题材，反反复复表达的是一种情绪，那是丢失了童心的都市人无法摆脱的焦虑、迷茫与寂寞。这种情绪的表达需要许多辅助的因素——比如光泽度饱满的上好纸张、鲜艳明亮的色彩、清晰呈现的线条和纤毫毕见的神态，若是其中任何一点显得粗糙，读者便会失去阅读的舒适感，很难从画面中领略到这种情绪的传递。读几米的书，甚至还需要一种特定的阅读氛围，比如十年前那个阳光明媚的慵懒午后，或是繁星满天、万籁俱寂的夜晚。所以，读几米的书，是一件“奢侈”的事，必须在解决温饱、身心舒适之后，再慢慢品味那种明媚的忧伤与寂寞。

在我的印象中，几米是文化消费时代优秀的舞者，他准确地找到了介于媚俗与脱俗、艺术与商业、绘画与文字之间的平衡点，踩准了都市人情绪的节拍，跳出了令人耳目一新的舞蹈。由于他的姿态是认真、诚挚的，所以其中的几分商业味并不让人反感。一次偶然的机会，我听到世博会台湾馆的主题歌《台湾的心跳声》：“霓虹灯点亮，关于夜市的想象；孩子们捉迷藏，在找爱吃的糖；昏黄的夕阳，龙山寺的老墙；我虔诚点着香，手拿一炷希望；少一点伤痕，多一点的掌声；少一点战争，多一点的单纯……”我惊觉其中表达的意境与几米的画意颇有几分相似。原来，几米的作品并非无根之花，它深深植根于台湾自由开放、商业味浓但又不失纯真本心的文化土壤之中。尤其是那种充满“乡愁”的漂泊感，也一再出现在几米的画作中。那些在森林里寂寞游荡的人群和动物，那些拖着行李箱、衣袂飘飞的都市男女，那在地下铁中反复上下车的盲女孩，都在不断地流浪、寻觅，列车在他们身旁飞驰而过，他们的终点在哪里？而几米作品的魅力，也就蕴藏在这不断流动的画境中，只要向前走，便能找到希望和惊喜的所在。

2009 年年底，几米出版了题为“走向春天的下午”的绘本，书名便让人感受到春风拂面般的惬意。“云的上面是天堂，天堂的天空也有云吗？这是一个春天的下午，我知道，前方某处，将会有人给我一个拥抱。”我希望，自己就是几米笔下的那个小女孩，满怀着希望和爱走上通往春天的旅途，在风的吟唱，鸟的笑语中，一直一直走下去。

10. 指向的道路总能通抵出口

文＼虔凡

文字和书页所构成的，是日常生活以外的另一个平行世界。因为大多尚未被转译成视觉形象，这文字世界的美好，时常抽象难解、扑朔迷离，但也因此，当你被击中时，会产生尤其深邃的共鸣。

被文字击中的时刻，就是平行世界与现实生活的交叉点。成长历程与之不谋而合，就像是在书页间贴上的标签。文字可以比任何人更懂你，它们观望你的举动，对你的质疑沉默不语，但指向的道路却总能通抵出口。

罗兰·巴特的《恋人絮语》，写给所有不能免俗地陷入恋爱的奇妙以及痛苦之中的人。副标题叫作“一个解构主义的文本”，文字诚如所说呈放射状，甚至有点絮絮叨叨、牢骚满腹。

巴特先生在书里反复地跳脱于第一人称和第三人称之间：既有自发性的只言片语、和朋友的书信讨论、自感而得的结论，同时又大量地以《少年维特之烦恼》作为蓝本，旁眼观看地剖析这个经典的爱情案例。

因为作者的跳脱和发散，阅读的过程也变得缓慢起来，而现实中自己的微小片段也神奇地都被一一激活，不时涌现出来，打断阅读却又和文字做着呼应：

“一通十秒的电话，传来演唱会现场的欢呼，乐队唱的什么并不能听见，你也不言语，然后就倏忽挂断了……逛街逛到不见人，急匆匆打电话也不接，跑好大一圈气喘吁吁才发现躲在小角落偷笑的你……脸孔一板对任性要求气急来火，又不知道怎么反抗，只反复说一句：算你厉害！算你厉害！……”

所有恋爱里的细碎场景、开心的伤心的故事，像是网页上的视频文件，穿插在罗兰·巴特的文字之间，不需要摁下三角符的播放键，就自动映象到大脑。这真是相当残忍又冷酷的一场阅读。更要承受的是巴特先生用文字戳中你的痛点，他轻易下好的结论直白又有力：

“思念远方的情人从根本上就意味着恋人的位置与他情人的位置无法相互取代；这就是说：我爱对方要甚于对方爱我。

“出于我爱的潜能，源于我的需要……等对方来到我等待的地方时，其实我这里早就创造了他 / 她。对方若不来，我照样会凭臆想构造他 / 她——等待是一种狂想。

“像一个糟糕的音乐厅，感情交流的空间也有声音无法抵达的死角——而一个理想的谈话者，你的朋友，难道不正是应该由他在你周围造就最大可能的回应吗？”

请原谅我只能像这样摘录原文。就像尝到一盆无与伦比的美味，除了夹一筷子放在分享的盘子里，该是没有更好的途径能表达了吧。

合上书，关闭巴特先生的平行世界，生活不但没有因此起色，反而逆向飞驰开去。

没有主动甩手，也没有被抛弃，就是电影结尾的那种渐变消褪：爱情停止了。是长发末端的分叉，是失去黏性脱落的纸片，是抽丝散架的废弃织物。即使得到过巴特先生的提点，但却有点信誓旦旦的，让自己顺势承担起了落荒而逃失败者的形象。

“实践吧。”这个声音随后越来越响。

巴特先生所写的并不是一册恋爱实用指南，他没有技术性地告知人们该如何相爱、如何维持，他甚至并没有在言辞间显出对爱情本身的尊重。他是冷至冰点的水，他所看到的爱情也如此这般地呈现出可供研究的种种特性。冲昏头脑、嘶声裂肺、肝肠寸断……再疯狂的举动与情绪对于巴特先生而言，大概也都只是冷若冰水的爱情带来的化学变化。

我于是只能实践巴特先生的冷。去再次细读他的文字，读那些有如刀子的观点，让伤口自然袒露。

和麻痹不一样，这冷倒并不寒心。是卸掉了自身累赘后因单薄而得的直观感受。生活却因为这单薄、这直观和这冷，变得轻盈热烈起来。阅读时自己对书页间的文字所进行的一番补充，好像是往自动存款机里预先存储的硬币，在这时候却适时地反哺出来，补给了新一轮的成长。

成长是书页间的标签，反之亦然。结束了这样两轮互为反向的阅读后，我基本闲置了巴特先生的文字，平行世界的力量除了在交叉点时集中迸发之外，若能如血液流淌到现实中来，那便是实实在在的强大。

当然，若你原本就认同下面这段话，你可能连打开《恋人絮语》都不需要了：

“游荡。尽管恋人认为他经历的爱情是绝无仅有的，并且不相信以后在其他场合会重复这爱情，他仍时不时地忽然感觉自己身上会出现情欲的发散；他这才明白自己命中注定要在爱情中游荡，从这一个到那一个，直至生命的终结。”

11. 已拆封的密信

文＼鹿存玲

或许人生就是一场迷途的寻返，所以才渴望指点。尤其是当我们年轻而迷茫的时候，或者不年轻而依然迷茫的时候。在我的生命中，就曾有过一次这样的指点，一次珍贵的阅读体验：它如阳光拨开阴霾，又如细雨滋润焦渴，同时又是深厚的大地，更重要的是所有的这些都向着某个细微一点殷殷落下。

这是一本伟大的书，虽然它那么小。薄薄的，几乎只算是一本小册子，而且是十几年前的旧版本。然而第一次读它时，我是多么惊讶！它带着被渴求的世界磅礴而来，却又低吟如涓涓泉水。像一位贫穷已久的农夫突然被送入某个珠光宝气的山洞，我又惊奇又仰慕，几乎必须先后退几步，离它远点才行。后来打定了主意，第一次只能浮光掠影地读它。这是一个美好的时刻，初次的阅读几乎带着膜拜的心情，并时不时地需要走出来，朝现实世界张望一会儿才能再继续这趟神秘之旅。每一次的凝神阅读，都觉得自己被带到了很远，被幸福地放逐。书的表面朴实简洁，摊在桌上毫不起眼，可是它却早已泛出奇特的光芒。读它时，总有一种幸福的眩晕，仿佛所有的欠缺在这一刻都得到补偿，又让人几近感恩。无论是博大宽广的胸怀，还是体贴入微的善意，还是那些优美的词句，都让人欣喜快慰不已。正像“通过无数意料不到的惊奇，仿佛在一个新的梦里”。

第一轮浅尝辄止的阅读后，书里跳出几个闪闪发光的单词：艰难，忍耐，爱。艰难的爱、艰难的成长、艰难的寂寞。世间诸事原本艰难，就连普通的生活也是不容易的。这一点，谁不曾体会过呢？可是在这里，艰难还有更多的意义。里尔克似乎在说，在一颗渴望伟大的心里，没有轻而易举的事物。轻而易举带来不加分辨，并且转瞬即逝。而艰难使它多方开拓并加以丰富，带入广阔意义的世界。如果我们以赤子般的坦白迎向它，不假思索地给以理解和忍耐，接纳它并让它成为自己“静静发展”的一部分，那么每一次的艰难体验都自有意义。它将向着一个丰富的目标奔去，如果我们自身坦白宽大。所有的艰难背后都藏着一朵美丽顽强的小花，恶龙最后会变成公主。“也许我们生活中的所有恶龙都是公主，她们只是等待着，美丽而勇敢地看一看我们。”“忍耐是一切。”里尔克说，“我们必须尽量广阔地承受我们的生存，勇敢地面向我们所能遇到的最稀奇、最吃惊、最不可解的事物……”

从初次阅读中，从肤浅的收获里，我也已经找到一些宁静。那一年，我终于有了勇气，对自己糟糕的当下生活做出面对面的审视：二十九岁，形单影只，独自住在一间租来的小屋里，敏感古怪，忧心忡忡。六七年来，由于自我封闭带来的孤独和衰弱，已呈剑拔弩张的态势。什么都支离破碎了，而我终日疲惫不堪。每一个困扰都实实在在。每一个困扰都像一条鞭子，在我头顶高举。然而我现在终于明白了它们的根源和去处：所有的运命本来都是从“我”自身出发，然后在某个始料未及的瞬间折光反射，砸溅着“我”的现在。让我狼狈不堪穷于应付的，不是外来的陌生物，是我自己。而我就在这儿，它们也在这儿。借着这第一轮阅读带来的领悟和勇气，我像收拾房间一样把每样东西各自清扫归位。当“我”自身渐渐清晰出来，并试着沉静，一切都不复从前的尖酸刻薄。我清楚地记得，初读这本书的时候正是春天新至。当我心里充盈着无名喜悦走到室外，春天也正抽芽开花，满眼烂漫。

书的名字是“给一个青年诗人的十封信”，可是它适合每一个人。它为每一位读者给出生活各方面的建议：目标、职业、两性之爱、与周围的和谐，等等。然而，更是一份关于艺术创作、如何做一个诗人、一个诗人又如何成长的诸多建议，甚至一个初学者可以依托它的见解而对文学作品做出属于自己的评判。一路追溯下来，它就是一本关于生命本身的书。我想，所有的艺术，包括诗歌，不都是生命在最深处发出的一声喘息吗？怎样的生活，就会有怎样的艺术。里尔克在第十封信的结尾也说：“艺术也是一种生活方式，无论我们怎样生活，都能不知不觉地为它准备：每个真实的生活都比那些虚假的、以艺术为号召的职业跟艺术更为接近……我很高兴，简洁地说，是因为你经受了易于陷入的危险，寂寞而勇敢地生活在任何一处无情的现实中……”原来在根本，艺术就是生活。一种别样的生活，一种集合了如实表述、寂寞、沉静忍耐的生活，一切本其自然的生活，一种被无限丰富的生活。这本书为人打开了生命，所以它本身也如生命一样广衰壮阔，一样神奇美妙，让每一寸的阅读都充满感叹。关于这一点，没有比里尔克介绍《尼尔·律内》时描写的更贴近的了“……越读好像一切都在书中，从生命最轻妙的芬芳到它沉重的果实的厚味……没有一件事情不能被我们去理解、领会、经验，以及在回忆的余韵中深切地认识。没有一种体验是过于渺小的，就是很小的事件的开展都像是一个大的命运，并且这命运本身像是一块奇异的广大的织物，每条线都被一只无限温柔的手引来……可是我能够向你说，往后我们读这些书时永远是个惊讶者，它们永不失去它们的美丽，连它们首次给予读者的童话的境界也不会失掉。”

然而所有美好伟大的事物，又怎能让人说尽呢？就像这本博大、沉静、寂寞、善意的书，它的美好可以从其带来的无数感动中体现，它的伟大却需要从每位读者很长的自我发展中体现。它在很久以后带给每个人的改变，将是对它最贴切的赞美。我曾经看过一篇文章，一位作者说，他把里尔克的《十封信》贴身带了几十年，每当心浮气躁或者不胜忧烦的时候就拿出来读，每一次都能再次得到心灵的抚慰和智慧的启迪。我想，这又是对这本书最朴实的拥戴了。它带着我们面向生活，面向艺术，甚至面向着超脱这两者之上的深远之境。它把世界扩展到无限广大高深的地方，又对身边最渺小的事物怀抱着同样饱满的爱意和谦卑。它涓涓如泉地滋养着每一颗渴求生命和艺术的心，并将永久陪伴着它们。

虽然我有时会忍不住引用这本书里的词句，然而对这本书来说，摘录和引用是愚蠢的举动。它的每一章节每一句话，都因凝结着高贵的智慧和无私的善意而熠熠闪光。它浑然一体，让每一次的剥茧抽丝都显得无比单薄。至于这样殷切地为一个陌生的无名青年写出这十封信的人，他是奥地利诗人里尔克（Rainer Maria Rilke）。

在很多年前，在另一个地方，另一个青年首次读了这十封信。然后他写了一句话："一个伟大的人、旷百世而一遇的人说话的地方，小人物必须沉默。"

这同样是一本旷百世而一遇的天书，它是艺术和爱的解密信。

12. 沙漠之梦

文／鹿小路

如果一个人想去撒哈拉，那么总有一个理由，或者有时还需要回答某个问题，比如去沙漠看什么呢？圣埃克絮佩里在他的书里说："走近沙漠并不是看看绿洲，而是把一口井当成自己的信仰。"是的，我想去的就是圣埃克絮佩里的沙漠。那里，残酷又美好，丰富又简单。简单到方圆几百公里内也常常只有几个东西：沙漠、星星、一个人，还有一口井。

第一次看到圣埃克絮佩里的撒哈拉，当然是在那本天才之作般的《小王子》里。忧伤而友善的小王子在沙漠里出现，后来又从沙漠里消失。留下了他关于玫瑰花、小狐狸、辘轳和星星的故事，独自在沙漠、在人类的世界里芬芳四溢。一定是圣埃克絮佩里非常珍爱小王子，才把他藏到了沙漠深处，同时也说明了圣埃克絮佩里对沙漠的热爱。然而沙漠到底是一种什么样的景象呢？圣埃克絮佩里几乎没真正描述过，翻完《小王子》也只能找出寥寥几句：“沙漠在晨曦中泛出蜂蜜的光泽。”“有一种说不出的东西在默默地放着光芒。”“在我看来，这是世界上最美，也最凄凉的景色。”我想，这不是因为他忘了，更不是他对沙漠的热爱不够，因此不足以发现它的美丽。那是因为沙漠原本就是贫瘠简单的啊，贫瘠到有时连一小片绿洲也无法用肉眼看到，简单到有时只有一望无边的沙地。沙漠并不是多姿多彩的景区，它不需要描述，自己就能说明自己。沙漠的景色，大多数时候只在艰难的旅行者的心里呈现。

圣埃克絮佩里一生对沙漠情有独钟，他的沙漠在《人的大地》（又名《风沙星辰》）里被写出更多，也更具体。然而最美丽的仍然是沙漠时刻，并不全是沙漠本身，就像《人的大地》的其中一节——“我想起了从前做过的一个梦”。沙漠的美丽，原来在于它像一个梦。一个危机四伏、险象环生，却终有清泉馈赠的梦。梦，是孤独的遐思。渺无人迹的沙漠没有水，也不标志方向，从不肯保留任何生物的足迹，前一天你刚走过，第二天一觉醒来脚印已被抹去得干干净净。沙漠即使在展露无限美丽的时候，同时也仍会暗示出某种绝望。可圣埃克絮佩里仍然爱上了它，在一次危险覆身、生死未卜的时刻依旧对自己说：“只要这次能脱险我下次还来。”终其一生直到最后遇险，他也没停止对沙漠的爱。“生命是一种奢侈。”躺在沙丘上的圣埃克絮佩里，在寂静的中心体验着它：“我们住在一个流浪的星球上。”沙地无垠，繁星如洗，它们都指向无尽的深远。这时候，灵魂只能眩晕。沙地和星空共同营造的迷失之境，像一个梦。恐惧不能把它摇醒，孤独也不能。只能屏住呼吸等待，看它将会给自己带来什么。在这里，一个人的意识渐渐透明，像一只镜子，记住和反射出的都是幽幽的神秘之光。“我不过是迷失在沙漠和星星之间的凡人，意识到的唯一甜美就是呼吸……”圣埃克絮佩里又说。可是，在这个沙漠之梦里，怎样才能找回自己？又拿什么才能把生命的意义从这片虚妄的庞大背景里呼唤出来呢？圣埃克絮佩里陷入无边无数的遐思，那些遐思无声无息，像泉水一样流入，渐渐有一种甜美的气息。圣埃克絮佩里得到了爱和回忆，来自人类世界还有儿童时代——“一个长满黑松和菩提树的花园，花园里有我钟爱的老房子……虽然眼下它……只是梦中的景致，但只要它存在，对它的思念足以陪伴我度过漫漫长夜了。我不再是沦落在沙漠里的一具躯体，我认出了自己，我是那座房子里的孩子……”一位终日操劳的老仆人像老鼠一样地奔忙在房子里，一点破损的地方就让她大嚷：“啊！我的天，真糟糕！”这是行动中的爱给予的梦里安然。“我的撒哈拉，我的撒哈拉，你现在完全被一个毛纺织女迷住了！”圣埃克絮佩里惊喜地叹息，“地心引力把我紧紧地和地面连在一起……啊！一座房子的美妙并不在于它为你遮风挡雨，供你取暖……而在于它慢慢在我们心里积累起许多温馨往事，在于它在我们的内心深处堆砌起苍茫的群山。而我们的遐想，就像涓涓清泉，从山上汩汩流淌下来……”

这就是圣埃克絮佩里的沙漠。这也是我愿望里的沙漠之梦。我期待着有一天自己也能走进它，从人类居住地离开，进入那片渺无人烟的荒凉之国。在抛弃世界的同时，也被世界果断遗弃。沙漠以一种无边无际的干渴、漠视和生死危机凝造出一片海洋，那只会随着人类脚步移动的浪头，将把多余的东西冲掉，让那些不属于自己的东西一一剥落。我将在某个沙丘顶躺下，心有余悸一言不发，安静地等待沙漠之梦的造访。等待着，看它在这片镜面上写下点什么。那些将会出现的印记和遐想，不一定会多么美好或者高超，但那一定是我自己的。我愿意在那儿更单纯地瞧见自己，并观摩生命简单而纯朴的面孔。除此之外，还能有比这更大的奢望吗？或许，我也将找回自己生命里的爱，它像小王子通过毒液回到玫瑰花身边的忧伤，也像圣埃克絮佩里书中那位老农夫和毛纺织女的信仰。从沙漠之梦里找回的东西，将是以后很难再丢失的礼物（在过分熙攘的现代生活里，我们多么容易丢失东西啊）。

13. 由阅读学会旅行

文/陈蓉

数年前，当我困惑于旅行的期望和旅行与现实的关系问题时，阿兰·德波顿《旅行的艺术》一书开始出现在我的旅行生活中，它为我明朗了期望和现实并不冲突的生活局面，以新的视角向我展开了行者在途中隐藏着的内心情结和精神探索。

阿兰·德波顿以飞扬的哲理智慧、充沛的感知和敏锐的艺术眼光，直指旅行的真正意义并非外在的行程，而是行者内在的感观世界。我们从旅行中获取的乐趣更多地取决于旅行时的心境，并非旅行目的地本身。是否带有足够的谦卑和感受力接近目的地，或者说能否敞开心扉，放下原先的成见或想象，进入到你未曾领略过的场景中，可以成为旅行最终能否在行者内心心满意足画上句号的评判尺度。

我曾去过台湾，几天的行程中，日日目睹车窗外道路两旁并非高大豪华、奢侈气派的建筑，它看似和众多大陆游客期盼想象中的发达台湾、先进台湾相去甚远，旅行归来者多感叹不如大陆，看头不大，失望多多。我却满心憧憬，在路边吃蚵仔煎，去音像店买风潮音乐，深夜流连诚品书店迟迟不归。还到基隆港口买风铃，骑着租来的单车走街串巷，直到灯塔尽头处，听着海浪拍打礁石，悠游悠哉！更会乘着台北到花莲的高铁，在一路山、一路海岸线的风光旖旎中心神飞翔。

在这个旅途中，我尝试了远离，甚至忽略一个城市用建筑和道路构建的外在形式，只深入到它内在的创意，乃至平民化的场景中，开辟了另一条通道去发现它的真实和神采之处。是无意撞入也好，专心寻觅旅途细节信息也好，当它和我所怀有的宽纳散淡心境得到契合统一时，旅行的真意开始浮出水面。台湾便在我记忆的地图上有了某种独特的圈圈点点，勾陈出心里特有的观赏线条。在后来的日子里，我对有关它的很多事物，都留存起长久的饱满情意。

《旅行的艺术》还提到了公路、加油站这些行者旅途中司空见惯的地方。夜幕之下，无人有心停留，行者疲惫的身躯，散离的心情，一个个频繁到无须提及的镜头，我们都曾身处其中，但大多已淡去甚至忘记，挥袖拂去。

记得某个深秋傍晚的东北，我乘车赶往旅行目的地——镜泊湖。来往车影稀疏，车声沉闷紧促，追着布满红霞的天空一路奔跑，车窗外云聚云散，变化极快。转眼，黛青、灰青的夜色覆盖了天边。灌木从开始落下深色的光影，路旁林中的鸟鸣快速从耳旁划过，清晰，微凉。无边的沉寂里，视线里只有快速划过的自然画面，以及自己在浓黑夜色中，凭微弱路灯投射到车窗上的身影轮廓。我被反复晃荡，沉昏中忘掉了时光和目的地，仅剩的喧嚣打发着无声的空气。我感到怀抱着世界的寂寥和孤独，在非同寻常的颠簸上沉入到特殊的行程。即使到现在我依然不能明确当时所想，但我明白，颠簸上下的那个夜晚，我和浓浓的夜色、看不到头的公路一言不发依偎一起，透过遥远的重重白桦林，杳杳张望到旅途中久违的自己，直至缓缓泪下。

这人心微凉的一刻，一直延续到汽车在路边一个简陋的加油站停下。走下车，沉沉清冷的黑夜里，多年未曾见到的繁盛星空，热烈而深情地突然落满肩头，遥看北斗七星绵延童年的想象，霎时照亮一路走来的灰暗和寒意。我几乎不能自已，激动澎湃。所有的寒冷，舟车劳顿的疲乏，都在刹那的光亮中迸发了未曾预料到的辽阔诗意。站立自然之中苍茫的孤寂和失落，也都一一抖落，重生气力和暖意。当时的温情时刻，直至今天，还不时荡漾在记忆中的路途上。

经验和阅读在互动中验证：旅行本身的情形可能非常吊诡，但多在出发时的期待和回返时的结果层面。碎片化和真实的场景，可以组成视线里的有形旅行，但身心俱行的旅行才是真正的旅行，必须是旅者心灵和旅行地之间的共通和默契，需要心领神会。德波顿教会我们倾听旅行中自己的声音："旅行能催人思索。很少有地方比在行进中的飞机、轮船和火车上更容易倾听到内心的声音。我们眼前的景观同我们脑子里可能产生的想法之间几乎存在着某种奇妙的关联：宏阔的思考常常需要有壮阔的景观，而新的观点也产生于陌生的所在。"

由此，旅行也是发现自我之旅，把未知的自己放置到非日常的场景中。早已存在的内心需求和渴望，以及理论上的知识经验，将会在旅行的幕布下，一一呈现出来。要知道，我们更多地只是推开现实中的无处可逃，借助旅行本身带来的抗干扰和专注环境，帮助自己倾听自我，寻求内心感动的自我，创设一种非平庸、非黯淡的氛围。

千万不要把《旅行的艺术》当成旅行指南，那样你会失望。因为作者的真实意图不在于设计一个完整的行程，而是在于营造一种哲理和艺术、旅行地之间的感悟情绪，并扬起走向心灵诗意旅行的不同航程。作者对旅行现实中的细节不断流露出的流动跳跃的质感言语，也使我们关注起看似乏味单调的旅行必经程序，燃起了感性的积极态度和理想生活之光。

“飞机的起飞为我们的心灵带来愉悦，因为飞机迅疾的上升是实现人生转机的极佳象征。它呈现的力量能激励我们联想到人生中类似的、决定性的转机；它让我们想象自己终有一天能奋力攀升，摆脱现实赫然迫近的人生困厄。”当我每一次飞向蓝天，开始新的旅行时，总会想起这句话。它让我的每次旅行变得可期待，更具有活力和生命的象征，陪伴我始终怀着热情的出发精神到达充实和丰足的旅行终点。

进入这本书的本身，就是一次异乎寻常的阅读之旅，它使我的旅行心态和旅行方式出现了富有生机的转变。我终于体会到：远方的呼唤不仅只存在于景象的变幻莫测中。陌生领域里的奇思异想，不同文明背景下的含蓄或张扬，乃至偏僻和隔绝，都将以实实在在的场景感，摆脱往日守旧、机械的呆板时光，提供不同于日常生活的诗意情怀。

14. 橘子不是唯一的水果

文/冯佳佳

我不知道以什么语调来论述我的童年，即使岁月悠悠一晃二十多年，童年的种种快乐、孤独、沉迷让我至今恋恋不舍，或者说，在我初中毕业以后，我的内心一直人为地停留在那个时代，刻意地远离成人世界的庸俗与狡诈。我甚至不知道我的心理年龄是否还在成长，曾经让我引以为傲的成熟和懂事，如今不过是不合时宜的稚嫩，就像奶奶老屋墙壁上的那个洞，我在里面藏上各种鞭炮、糖纸和玩具，但后来，一度迷恋的那个深邃的洞变得一望无余。

在看《橘子不是唯一的水果》的时候我还很小，不明白温特森笔下那个小女孩奇异的世界，她的母亲虚伪而冷漠，父亲木讷而没有存在感，而珍妮特的种种情绪我那时根本体会不了，就像童年时看《红与黑》、《复活》，看得艰涩而懵懂，心下自以为外国的小孩子要疯狂一点吧，只是隐约觉得作者是个很细腻敏感的人。

后来的学海沉沦，让我彻底忘了这本书和珍妮特母亲的橘子。我在中国式的家庭里悄然成长，我的母亲善良、隐忍、大方又拜金，她会在梦魇中呼喊而后惊醒，第二天头痛欲裂，我很害怕她会在睡梦中死去，所以我跟她一起睡的夜里总是很警醒，一有风吹草动我就把她叫醒。而且我的母亲总是会遇到蛇，她说有天拨开稻草，看到无数条蛇像个圆匾一样全部盘在一起，我至今不记得这是不是真实事件。我从小就觉得她软弱，所以我像个男子汉一样，觉得要保护她，这在一个乖巧的小女孩身上显得很怪异。我的父亲在我很小的时候总是在外地出差，回来时常给我带一堆零食，我居然至今还记得那个冬夜，我兴高采烈地从他的黑色皮包里翻出一包“飞马”牌的杧果。

二十年后的某天，我在网上百无聊赖，看见张悦然小站推荐了这本书，她在“序言”中写道：并不是所有黑暗的地方都需要光明。还有，读温特森的小说，你应当有这样的心理准备：它将是一段身不由己，甚至可以说是被挟持的旅程。我想我是时候重新读一遍《橘子不是唯一的水果》了。因为我已经丝毫想不起那个问题少女的纠结，包括那时候不能体会的同性之爱和基督教教义下的伪善世界。不得不说，温特森是个操控语言的高手，我整个下午在她的字里行间游走，感到惊诧、奇妙、震撼、忧伤和难过，在她写到和另一个小女孩的感情时我再次想到了我的童年。

方方、阮燕是我最初的玩伴。我们三个关系很隐晦，常常会两个人走得特别近，这给第三人造成了实实在在的恐慌。探究这种关系在我当时的世界几乎是全部内容，我常常为此黯然伤神。方方人很小，却古灵精怪，很狡猾，阮燕是个漂亮、没有主见的女孩子，所以她成了我们争夺的对象。我常引诱她来我家，拿出各种玩具取悦她，一起端着板凳画画。然而有次她说她想回家了，我说你别走，我隐约觉得是方方约了她，但我无可奈何，她佯装听了我的话，但是当我一松懈，她就一溜烟跑了。这在当时给我造成了很大的震撼，我觉得特别悲伤，整个黄昏对着夕阳闷闷不乐。我从来不认为我小时候居心叵测，只是觉得好多事情我掌握不了，这点让我很沮丧。即使到现在，凡是我觉得我掌控不了的人，我都保持一定距离。

但是，后来我们三人都成为了朋友。那也意味着，每个人都学会把一些小心思忽略了，即使这种小心思对探究人的真实心理意义重大，包含着伪装、欺骗、排斥和隐私，但是探究结果付出的代价也更大，我们宁愿享受看上去很美的结局，顺理成章地进入成人世界。

当然，这个故事和珍妮特的故事迥然不同。每个人都有一个通往深处的入口，那儿或许有一个橘子、一支唇膏甚至只是一幅虚无缥缈的画面。

15. 听，植物在说话

文／丁鼎

初夏，一年中的好时节，太阳从东窗转到西檐。我怀念那些被校园保护着的自由时光，一得空便可踩着车、背上两三本书，躲进紫金山里。看看阳光与树叶的交缠，轻抚路边在风中颤抖的野花，寻觅到一块人迹罕至的荫凉之地，静谧地倾听自然的声音。时间，停止了。心，静了。

“三叶天南星打算要变性，紫罗兰有个心事，蒲公英正得意扬扬，水仙已是意乱情迷。制造了百万个种子后，兰花终于满意了。吊钟花还不满足，弯下它的柱头去碰花粉。三色堇抬起阴门般的脸朝向天空，满怀期待地等候着。月见草关心的只有一件事——也不过就是那档子事。在花园里散趟步简直会让人脸红。”(《花朵的秘密生命》)如果我的耳机是可以接收植物声音的仪器，除了这甜蜜的花间情事，定能听见花草树木在和风细雨或阳光灿烂中的嘤嘤哼唱，甚至在凄风苦雨、斧头伐具酷刑下叫人精神战栗的哭嚎。

当我们还是孩子的时候，对于眼睛看到的新鲜事物，总是保持着似乎永不停止的热情，自然科学也是我们喜欢问“十万个为什么”的最初领域。相比宇宙的神秘、动物的活力、昆虫的多样性，静止不动“立”着的植物似乎缺乏足够的吸引力。印象中的植物学著作也仅仅停留在大篇幅的数字和拉丁文专业术语，以及那些搭配入册的色彩艳丽、造型奇特的植物图片上。太过安静，于是显得深沉，深沉得让人一见到封面、看见标题就心生一股晦涩难懂的情绪。而《花朵的秘密生命》的作者萝赛却用她对生活的满腔热情，带领我一头撞进了花儿灿烂而奔放的生活，好奇又热忱地探究花儿和邻居们之间窃窃私语的呢喃。

“雏菊的心是蛋黄的黄，花瓣是牛奶白。我们一片片地剥下花瓣，轻声默念：‘他爱我……他不爱我……’我们还用花编了个花环戴在头上。”几乎每个女孩都玩过这样的把戏。爱恋时说不出口的话、离别时来不及说的话、探望病人伤者时祝福的话……献上的花束承担了我们的矜持，默默地传递着期盼。这种看似植物被人类合理利用了的行为，却在迈克尔·波伦的笔下，反转成人类受自己欲望的牵引，给了植物可乘之机——在社会发展的舞台上扮演了重要的角色，操纵人类书写这个世界的历史。

阅读植物的历史，同时也是在阅读人类的历史。在《植物的欲望》里，波伦把四种植物和人类的四种欲望联系起来：苹果与甜味的欲望、郁金香与美的欲望、大麻与迷醉和改变情绪的欲望，以及马铃薯与控制的欲望。“如今，对于大量物种来说，‘适应’就意味着有能力生存在一个人类已经成为最强有力的进化力量的世界中。”这听起来没错的观点，以一种颠倒事物的小伎俩，造成了戏剧化的叙述效果。植物在利用人类和动物的欲望来达到种族繁衍的目的，不管它们是有意还是无意，至少带来了日后的荷兰郁金香狂潮、屡禁屡不止的大麻和转基因、标准化的马铃薯。尤其在我们盲目地认为，植物天生是只需要拿来使用却不需深入了解的情况下，是植物开发了我们的欲望并驯服了我们。

这样有趣的书，一定要放下对科普书“生来长得残酷”的成见，跟随作者的文字东游西荡，心平气和又趣味盎然地读。在作者奇特而自有逻辑的奇谈怪论中，好像整个世界都长得不一样了。“生命最初只存在于植物界。生物世界是植物世界繁衍了20多亿年以后的产物。植物是地球生命的始祖！”（《植物之美》）植物之美，是最不可思议的秘密，总是在一刹那唤醒我们对于自然的敬畏和生命有限的遗憾。若我能再多知晓一些植物的智慧、植物的心灵、植物的美，就会如书中所述那般，在水泥森林里再一次看见迎面那一排排梧桐、一片片蔷薇花墙，眼神必会有所不同。

世界之大，我们的目光所及非常有限，异常羡慕这些作者望向植物的目光。既是一种赞美，也是一种乐趣。那目光和植物本身一样，美好、生动、令人惊奇。累于心智疾病之苦的都市人，再没有比看到种子发芽、小树成长、花朵渐开时的喜悦，来得更令人快乐了。

“时间是可以操弄的，时光在我们看一朵花时放慢了脚步。也许这样做，可以让我们慢些老去。”为什么读书？是为了感动，且不致麻木。

16. 读书的选择

文／几约

从某种意义来说，一个人的世界是由几本书构成的，出于意志和命运的共同遴选，它们像蛛网一样层层叠叠地笼罩在我们人生的一些交叉路口，在不经意间对我们的命运给予指引，每一次我们做出选择的时候，我们都是在表明着自身意志的力量，但那些蛛网纤细的丝线也或多或少引导了我们的眼神，于是又有几本书沉淀在我们的命运里，构成那层叠蛛网的一部分，终于当我们垂垂老去的时候，在炉火旁校点一生读过的书，看一下曾经和现在的选择，最后到达了“知天命”的境地。

南宋理学家朱熹把《大学》、《论语》、《孟子》、《中庸》定为四书，格定了后世儒生们的必读书目，他挑选的理由不外乎人伦:《大学》定其规模,《论语》约其根本,《孟子》观其发越,《中庸》见精微处。格定的同时便是一种忽略，凡此以后，四书五经成为科举制度的中流砥柱，天文地理之学便在边缘处求生，而凡商道之种种，几与中华传统差之交臂。

八百余年后，鲁迅先生在回答《京报副刊》的书目答问时，沉郁地告诫青年学子：我以为要少——或者竟不——看中国书，多看外国书。在回答友人许寿裳为其子所求的书单中，开列了一长串曾经被历史所淹没的书目，它们包括:《世说新语》、《论衡》、《今世说》、《少室山房笔丛》、《唐诗纪事》……这样的选择对于鲁迅来说表明了一种态度：在人伦之外，中国传统文化中尚有描写世道的一支，这一支久被淹没于帝王将相的二十四史中，而晦暗地出没于众多民间文本。

沉痛于“三千年未有之变局”，晚清重臣张之洞编撰《书目答问》(又一说江阴缪荃孙所撰)，所推荐之书目中，除经、史、子、集外，多取晚清时代的科技、学术著作，以求一补旧学之缺陷，力能融通中西文化，此种心愿久被湮没。1897 年，20 岁的徐特立步行 80 里路，跑到长沙城里，拜访有名的陈云峰先生，想请陈举人看看自己的八股习作写得怎样。老举人送给他一把扇子，并在扇面上题写了一段话:“读书贵有师，尤贵有书。乡村无师又无书，但书即师耳。张之洞《书目答问》即买书之门径,《輶轩语》即读书门径，得此二书，终生受用不尽。”徐特立非常高兴，马上跑到书铺买了《书目答问》和《輶轩语》带回家，当作自学指南。以后，他再也不做八股文了，而把“读书贵有师，尤贵有书”牢记在心。后来回忆往事时，徐特立很有感触地说:“我一生知道读书的方法，就得益于那位举人先生。”

那是几根很纤细很纤细的蛛网，书目开得越少，对一个人人生的意义越大：1925 年，顾颉刚开列 14 本书的目录供学子们选读；1942

年，汪辟疆开列了包含 10 本图书的“最切要的源头”供读书人选读；1978 年，学者钱穆开出了更少的只包含 7 本书的书单，它们分别是《论语》、《孟子》、《老子》、《庄子》、《传习录》、《六祖坛经》、《近思录》。

从远而近地观察各位学人开列的书单，其间贯穿着他们对中国文化一以贯之的深情和热爱，以及对于中国文化源头和流域的深切思考，无论是关注于世道人情，还是关注于人伦纲常，无一不透露出他们思考的细节，从中可以看出一个学者“最关心的是什么”，比如胡适对于诗歌传统的热爱，顾颉刚对于佛学的思考，鲁迅对于世道的关怀，使得他们挑选的书籍各个不同，但又有一些共同的书目，比如《世说新语》就为鲁迅和顾颉刚共同推荐。

20 世纪的沧桑巨变之后，现代人开列的书单更多地有了西来的印记，无论是 1997 年清华大学各位专家开列的 80 种图书，还是 1998 年北京大学各位专家开列的 60 种图书，其间都包含了更多的西方书籍，本着“取其精华”的精神，我把两所大学开列的书单进行了归纳，遴选出“共同关注的书籍”，它们不多不少，正好是 10 种书籍：

《论语》、《孟子》、《孙子兵法》、《庄子》、《六祖坛经》、《唐诗三百首》、《红楼梦》、《鲁迅选集》、《论法的精神》、《西方哲学史》。

这 10 本的书单，不仅是北大、清华教授共同关注的对象，其中《论语》、《庄子》、《六祖坛经》等著作同样是民国时期众多教授共同关注的书籍，而西学的两本精华著作《论法的精神》、《西方哲学史》，其在西方的受关注程度，同样不亚于我们这个西学东渐的国度。

这 10 本书籍，恐怕是西学东渐后，我们今天仍旧保留着的精华著作，从中可以看出我们今天的责任，以及先贤们对后人的期许。

17. 一路追到天尽头

文／郁黎华

这是一个风生水起的世界，种子在人们或懵懵懂懂，或汲汲营营的数年、数十年间长成参天大树，又在人们注意到之时开始了精彩的旅程。它用绚烂多彩的花与缤纷多姿的叶作为媒介，将人这一地球高级物种的功用发挥至尽，成就了它的繁衍与生息。

立春，露冷霜寒的早春夜里，你可听见各种植物喊着努力钻出地表的号子："嘿哟"、"哗啦"、"哔剥"……这是植物们的密语，我们形同聋人。等到鸟儿在枝头欢唱以花之舞曲拉开序幕的春天，我们才惊醒过来，此前，它是怎么破土而出，长出两片小小嫩芽儿，抽茎拔节？啊，我们形同盲人。直到越冬的麦子"咄咄"地拔节，以一片青绿闪亮了眼睛，初夏的风吹过，我们很快就来不及看了，花们草们在疯了似的赶着岁月，它们无视风霜雨雪、无视交通拥堵、无视山高水长，成树成荫，开花结果……

我们追不上它的速度，徒叹奈何。这一支破笔写不尽草长的劲疾、花开的风流、枝舞的顾盼、叶落的低回……什么样的画笔，画得尽这悄悄来、匆匆去的物候！譬如青春流弹般逝去，嗟乎！

有一群人以各种目的记录了它们。有按照“界门纲目科属种”正儿八经地、像签字画押一样落字为据的植物学书；有考证植物浑身以资药用、治病救人的药草书；有兴致勃勃传授技术驯化植物以达到观赏或吃果实目的的园艺栽培书；有吟游诗人般天南海北晃一圈搜罗些野草杂花的扫盲书；有春花秋月了还不够，非要将感情寄托给植物的纯个人读物；还有从闻所未闻的角度由植物生长形态来推断植物性格，并同理推及人类性格，用之于辅助治疗的同类疗法书。

我要讲最后一种。这太有趣了，生活在地球上，这些高矮不一、大大小小、形状比人类面貌丰富得多得多的植物们，也有情绪，并且因这情绪而选择了生长地、长成了我们所看到的模样，开着我们所见到的各种颜色和形状的花朵，每一种都渐渐成为固定的种群，一代代繁衍下来。妙的是由它们推及人类心理，竟如此吻合，你可以说是心理作用、胡说八道，可你真了解这些吗？慢着，让我们先来看一看，再做讨论也不迟。

这一本书叫作“巴赫医师的人生教科书”，译者李颖哲。墨绿色封皮像吸足一季雨水的叶子，沉淀在初夏的阳光里，由轻佻而蕴藉。字很大个，排版让人看得很舒服，当然，价格与相关植物学类比要高几倍。

书里摘取的巴赫医师对植物们完全变换角度的描述，勾起了我年少时就兴起的对世界万物的好奇之心。每一样植物在我看到它之前，它就在那里了，但从哲学意义上追究，必须再远一点儿，我没看到前它在哪里？而且，没有道理它就长成这样，长在这里，只能被看或被吃，还应该有点别的。是吧，没有道理植物比我们在地球上早来了这么多年，我们绝大多数人却只懂得看或者吃它们。看吧，我这个思想狂人又试图在植物身上延续发掘的渴望，这一头扎下去，真得追到天地洪荒初始之时。

书是图文并茂的。确切地说，它是讲花精的，一门在西方方兴未艾的学科。至于东方，可追溯到花草茶和花药、薰香类的鼻祖。这些鼻祖们现在都在故纸堆里，不为现今世人所闻，再加上东方人通常没有系统整理的习惯，玩花弄草只归风月、不作正途，或者也是羞愧于此，除列入医学一途的本草类著作，这些记载都只能散见于各类笔记或者野史中，被神秘主义用来神乎其神地吹牛皮，离科学一途越来越远。

感叹完毕，回归花精。花精，简言之，即按花之精神治疗人精神、心灵上的创伤或者说问题，用花朵正向的能量引导人体能量趋于中间、平衡。一般只取花朵，先驱者是英国巴赫医师，于 20 世纪 30 年代开始研究，共计 38 种，历史很短，有人要说都比不上我们的李时珍。是的，我为祖国医学骄傲，却又不得不叹服西人的精辟与实用。种类少便于拣择；无毒性人人可操作，不必排队找名医或为求一良方而四处奔走；门派少便于传承，传到今天，北美花精虽然又推出了若干种，但这就像你爱吃中餐还是西餐一样，你可以只选一家，或者两家通吃。

花精提出了能量一说，能量肉眼不见，难以评断，因此在中国它的推广是有重重困难的。首先，国人普遍多疑，在接受新知识之前，需要十到百年的观望，而且人人都在等先行者；其次，能量离开了物理领域用之生活，总不令人信服，就像与一个人讲阳光、空气、水是生活必需，虽然道理懂，可是要讲清中间环节却曲折路远，不如直接讲衣、食、住、行这些触手可及之物实在；最后，小小花朵真有这么神奇？又是作用于经脉，简直像来无影去无踪的形意门……疑问是无穷的，所幸也是可供慢慢检验的。

再谈下去有宣扬花精之嫌，打住，我们举个例子吧：

春夏之交随处可见的蝴蝶花，花朵蓝紫色，剑叶，多生于水边，在植物学里归属于鸢尾科鸢尾属，分别对根、茎、叶、果做细致描述。巴赫医师不这么读，用他的模式来读取这株植物，要先从生长地入手，野生于水边，要求比较洁净的环境，人工栽培后在土里生长，可见它适应性较好，能顺应后天环境；花朵淡蓝发紫，代表着智慧与灵性，花瓣上有翅状突起，代表它比较敏感，善于捕捉别人的情绪，花瓣下部有深喉子房，代表着温柔的母性；花茎直挺向上，花朵形态也是面向天空，代表着与宇宙的联结；整株花常连根丛生，代表着较强的繁衍能力。综合起来这株植物传达的信息即：我是温柔而富有母性的，能较好地接收宇宙间于自己生长有利的信息，稍许清高、有点孤独，但我充满了向上的力量，能够尽力去克服生长过程中遇到的各种问题。正向是温柔、母性、智慧，负向是孤独、敏感、脱离实际。

这样去读一株植物是不是更有趣一些？严肃地说，不是像中国古代文人一样伤春悲秋地寄情，要用一眼所见的对花的植株形态做一客观描述，即用心去感受，而不是人云亦云，随手拿别人的譬喻来定义。譬如我最费解的是，中国古代乃至近现代文人都喜欢把梨花写得索索落落不堪一击，就我所见的梨花，花瓣虽是细瓷般的洁白，但因稍具肉质而更白得明亮，很有骨头，并非那么容易被打落。